COLLECTION FOLIO

Mika Waltari

Un inconnu vint à la ferme

Traduit du finnois
par Lucie Thomas

Avant-propos
d'Aurélien Sauvageot

Gallimard

Titre original :

VIERAS MIES TULI TALOON

Mika Waltari, un des plus célèbres écrivains finlandais contemporains, est né en 1908 à Helsinki. Fils d'universitaires, il publie son premier roman, *La grande illusion*, en 1928. Ses romans suivants peignent l'ascension de la classe bourgeoise et des intellectuels de son pays : *L'homme et l'idéal, L'âme et la flamme, Jeunesse ardente, Ville de la peine et de la joie.* Puis *Un inconnu vint à la ferme* décrit le monde paysan. Viennent ensuite des récits historiques qui ont connu un succès mondial : *Sinouhé l'Égyptien, L'Étrusque, Johannès Angelos, Les secrets du royaume, Les ennemis de l'humanité.*

Mika Waltari est mort en août 1979.

AVANT-PROPOS

Mika Waltari est né à Helsinki le 19 septembre 1908. Fils d'universitaires, il fut ce qu'on appelle un enfant précoce. Il entra à dix-huit ans à l'université et dès l'année précédente, en 1925, il avait débuté dans les lettres, sous un pseudonyme, en publiant des récits dans des hebdomadaires. En 1929 et en 1930, il voyagea, surtout en France, et son séjour à Paris lui a laissé des souvenirs durables.

À vingt ans, il faisait paraître son premier roman : Suuri Illusioni *(La grande illusion) qui devait fonder sa réputation. Attaché à la section littéraire de la maison d'édition Werner Söderström de Helsinki, il devint en 1936 le rédacteur en chef de l'hebdomadaire illustré* Suomen Kuvalehti *(Illustration de Finlande) puis il dirigea l'édition de collections et de cahiers divers.*

De sa production déjà abondante en romans, nouvelles, récits et pièces de théâtre, émergent surtout les romans où il a entrepris de raconter, comme l'épopée de Helsinki, la capitale. Il nous décrit d'abord la vie des jeunes de son temps, leurs espoirs, leurs déceptions, la résignation courageuse avec laquelle ils font face à l'existence dans une Finlande libre, prospère, encore à peine agitée de la houle après la tempête de 1917-1918. Mais à cette idylle un peu âpre (Appelsiininsiemen : *Le pépin d'orange, 1931) succèdent des livres plus graves, où il évoque le passé immédiat et le passé un peu plus reculé de cette génération qui est la sienne. Dans* Mies ja Haave *(L'homme et l'idéal) il nous présente l'ancêtre des Finnois de Helsinki, le manœuvre émigré du fond de sa campagne pour venir gagner son pain dans la ville qui se construit et où les maisons nouvelles s'édifieront grâce au labeur de ses mains. Ce Finnois fera de ses fils des hommes instruits qui à leur tour introduiront dans la capitale encore toute suédoise de langue et de mœurs les accents de la langue finnoise et les formes d'une nouvelle civilisation qui voudrait être plus populaire, plus à la portée du Finnois sorti de sa solitude nordique pour conquérir le progrès moderne. Le maçon fruste meurt avant d'avoir atteint la terre promise mais ses fils continuent et déjà leur destin se complique, leur vie, plus riche, est aussi plus dangereuse. Ils risquent de perdre leur âme finnoise dans l'ardeur de la lutte pour le droit de bourgeoisie (*Sielu ja Liekki : *L'âme et la flamme, 1934). Deux autres beaux livres :* Palava nuoruus *(Jeunesse ardente, 1935) et* Surun ja ilon kaupunki *(Ville de la peine et de la joie,*

1936), achèvent le tableau de l'ascension de cette classe bourgeoise d'intellectuels de langue finnoise dans laquelle la Finlande s'incarne aujourd'hui aux yeux de l'étranger.

Mais non aux yeux des Finnois eux-mêmes qui ne se résignent pas à identifier tout à fait leur patrie avec le milieu citadin de Helsinki et dont les plus urbanisés gardent profondément au cœur la nostalgie des grands espaces libres où la forêt se reflète dans l'immensité des lacs. C'est la raison pour laquelle le public finnois préfère lire les livres qui lui apportent comme une bouffée revivifiante de cet air ancestral, des livres sur le paysan, le forestier ou le trappeur, et si possible des livres dont les pages exhalent le parfum savoureux de la langue des vrais Finnois du fond des bois. « J'ai le malheur de ne pas être un autodidacte », s'est écrié une fois Waltari devant des amis. Cette boutade est quelque peu outrée car l'œuvre de Waltari, reconnue par toute la Finlande, est appréciée par un vaste public, mais il a voulu marquer par là son originalité et aussi la difficulté de sa position dans la littérature contemporaine de Finlande. Vieras mies tuli taloon *(Un inconnu vint à la ferme, 1937) est sans doute un livre de la vie aux champs mais ses héros viennent de la ville, leur drame a ses causes dans la vie citadine, leurs sentiments et leur langage sont ceux d'êtres qui ont déjà goûté aux fruits dangereux de cette civilisation venue de l'ouest et du sud et dont l'acquisition trop rapide ou trop imprudente a précipité tant d'âmes finnoises dans la perdition. Ces personnages sont aussi des Finnois dont les passions se dissimulent mal sous le vernis de civilisés. Il leur suffit de reprendre contact avec la terre finnoise pour qu'immédiatement ressurgisse avec violence la flamme qui couve dans les profondeurs. Ils sont calmes en apparence, ils sont réfléchis, ils sont pensifs et dès qu'ils se mettent en mouvement, on dirait qu'ils ne s'appartiennent plus tellement ils sont fascinés par le jeu de leurs muscles, par la joie ou la peine de l'effort. Qu'une impulsion vienne surajouter son stimulant à cette ardeur latente et leur double intérieur, le* sisu, *fait irruption avec une soudaineté terrifiante. Les deux hommes et la femme du livre qu'on lira ci-après sont de ces natures typiquement finnoises pour lesquelles chaque joie, chaque chagrin se répercute en une longue méditation où la nature ambiante vient jeter son ombre comme sa lumière. Pareils à des athlètes bien entraînés, ils pèsent de tout leur poids sur chacune de leurs sensations et, sur une perception trop brutale ou trop émouvante, ils risquent à corps perdu leur existence tout entière. C'est dans ce sens qu'il est loisible de dire que le caractère finnois est dramatique. L'équilibre est vite rompu par le moindre stimulant, externe ou interne, et le sujet entre alors dans une sorte de transe qui décuple ses forces ; il accomplit des choses surhumaines, il se « surpasse », que ce soit en bien ou en mal, dans l'héroïsme ou dans le crime, au cours d'une attaque à la guerre ou au cours d'une rixe. L'art de Mika Waltari fait apparaître ces traits fondamentaux du caractère finnois plus consciemment qu'ils ne nous sont révélés par les écrivains plus instinctifs que lui, plus proches de la terre natale tels que Sillanpää, Toppila, Pentti Haanpää et tant d'autres encore. Waltari, qui n'est pas un autodidacte, se meut avec moins de familiarité dans le monde des passions élémentaires, il les considère avec plus de recul, il les dénonce plus clairement. S'il n'a pas la verve épique des conteurs paysans, il possède le regard scrutateur de l'homme des villes, il manie avec plus d'aisance les abstractions, il est moins naturel mais plus psychologue. Comme il est plus proche de nous que ses confrères de la forêt finnoise, nous trouverons en lui un interprète qui nous fera plus facilement accéder aux secrets de l'âme finnoise.*

A. Sauvageot, 1944.

I

Un inconnu vint à la ferme un jour de printemps, au coucher du soleil.

Il avait déjà marché longtemps, lorsqu'il prit enfin le chemin de traverse qui partait du village. Le clair soleil avait ramolli le sol, mais au moment du crépuscule le froid faisait de nouveau craquer les pas, quand le sentier conduisait dans l'ombre des sombres sapins et le long de la muraille rocheuse qui flamboyait sous la lumière du soleil couchant.

L'étranger avait traversé, sur le vieux pont penché, le cours d'eau étroit dont la surface de glace bleuâtre, entre des rives abruptes, serpentait à travers la campagne. De chaque côté s'élevaient en pente douce des champs découverts, que découpaient en morceaux réguliers des clôtures de barbelés. Ils s'élevaient en pente douce à l'est et à l'ouest, leur sol était dénudé, mais leur bas-fond couvert d'herbes jaunies de l'année précédente luisait faiblement. On voyait çà et là des taches grises de neige devenue fragile en fondant. Dans les bois il y avait toujours de la neige ; sur les clairières seulement la bruyère mélancolique rougissait. Le soleil couchant lançait des éclairs que reflétaient, derrière l'étranger, les fenêtres du village tournées vers l'ouest, et, semblables à des fils ardents, deux antennes de radio se balançaient dans l'air bleuté, au-dessus des cours paisibles.

Le chemin s'élevait doucement, c'était un chemin plein de creux et de flaques, où les roues des charrettes avaient tracé de profondes ornières. Dans deux bas-fonds brillaient le vert pâle des aiguilles de sapins et le brun très foncé de la terre des champs, contrastant avec le jaune gai des tas de sable, jetés en hiver sur le chemin, au moment du dégel. Mais ces tas étaient peu nombreux ; l'étranger, en marchant, en avait compté une dizaine. Un chargement avait été renversé dans le fossé, comme par mégarde ou par dépit, et en ces premières journées ensoleillées, l'eau qui chante le printemps l'avait dispersé en le rongeant et en avait entraîné le sable le plus fin le long du fossé.

L'inconnu avait déjà parcouru un long chemin ce jour-là, il le sentait à ses membres et à son esprit engourdi jusqu'à la torpeur, il le sentait comme un homme qui, conscient de sa force, connaît aussi sa fatigue. Au bord d'un champ découvert descendant vers le cours d'eau, il vit se dresser devant lui, sur un tertre abrupt, une grange grise sur un fond de rochers gris. Puis le chemin monta de l'ombre dans la lumière mourante du soleil couchant. L'inconnu s'arrêta seulement un instant, en une seconde d'hésitation il jeta un coup d'œil en arrière, puis en avant, et reprit sa course droit vers la maison.

Alors un tressaillement confus traversa son esprit. Au loin, derrière lui, et comme sous ses pas, le village s'était enfoncé. Vu de là, le ciel semblait très grand, plus grand que du village dont il pouvait encore distinguer chaque maison, chaque fenêtre, mais fenêtres et maisons étaient petites ; étroit, très étroit aussi, le ruban de glace bleue de la rivière entre les champs qui s'assombrissaient sous le ciel immense. L'inconnu reprit sa course après cette seconde d'hésitation et un nouveau paysage s'étendit devant lui. Entre les rochers et le bois s'étalait un étang où l'eau, sur la glace craquelée, flamboyait sous la lumière du couchant. Des champs plats, coupés par un îlot d'arbres le bordaient, et sur une butte, entre cet étang et le tertre de la grange, s'élevaient la maison et ses dépendances.

Tout ceci, l'étranger le fit sien d'un seul regard. Maintenant, en avançant, il ne regardait plus que la maison. C'était une vieille ferme, dont le temps avait terni, en la rongeant, la couleur rouge des murs. Le rebord des fenêtres se fondait gris, dans le crépuscule commençant, et du tuyau effrité de la cheminée une fumée légère s'élevait dans l'air bleuté. L'étranger vit le magasin gris, l'étable grise, sur un soubassement de briques rouges, le bûcher, et sous les sapins sombres, sur un méandre du ruisseau sorti de l'étang, l'étuve noircie. L'homme ne regarda que la maison et pendant qu'il la regardait il vit par la fenêtre une lumière s'allumer dans la salle. Au même instant, derrière le bois, le rougeoiement du soir s'éteignit, le crépuscule se fit bleu, le ciel s'assombrit et l'étranger s'avança, en longeant les fils électriques et la rangée de poteaux d'un blanc encore frais, vers la froide lumière qui brillait. Il marcha vers la lumière claire et froide que l'ombre d'un homme voila un instant. On l'avait vu. Et l'inconnu éprouva l'étrange sensation d'avoir vécu une fois, dans un passé lointain, ce même moment dans ce même paysage en marchant à la nuit tombante vers cette froide lumière. En même temps une grande fatigue l'envahit, ses jambes s'alourdirent, son sac pesa sur son dos. Il eut l'impression que tout lui était indifférent, lui-même, cette maison étrangère, l'ombre de l'homme dans la lumière froide, tout, tout... Il n'existait que le sommeil et la fatigue comme bien des soirs auparavant, et, ce qui avait existé avant le sommeil et la fatigue, c'était fini, une barrière infranchissable l'en séparait. C'est pourquoi il marchait maintenant sur ce chemin inconnu, vers cette maison étrangère, sans aucun souvenir du passé. C'était bien ainsi.

L'inconnu était arrivé à destination. Il entra dans la cour par le portail ouvert, monta l'escalier vermoulu. Le parquet du perron cria sous ses pas ; à tâtons, il se dirigea vers la lourde porte de la salle, frappa, l'ouvrit, puis s'arrêta sur le seuil, à côté du grand poêle blanchi à la chaux.

« Bonsoir », dit-il à voix basse, comme s'il craignait d'importuner, et il resta debout dans l'embrasure de la porte. Puis lentement, il se découvrit, s'essuya le front et se tint là, son chapeau à la main. Dans la pièce éclairée, la lumière éblouissait ses yeux déjà accoutumés à la douce lueur du crépuscule.

Une ampoule sans abat-jour pendait au plafond. Sa lumière triste et sans vie éclairait la salle où se trouvaient trois personnes. Au fond, les coudes appuyés à la longue table, un homme encore assez jeune lisait un journal. Il jeta un rapide coup d'œil vers celui qui entrait mais, bien vite, son regard fuyant fixa de nouveau rageusement la feuille. Sur la table sans nappe il y avait les restes du repas : une soupière, une corbeille avec d'épaisses tranches de pain et trois assiettes.

Sur le banc, le long du mur près de la fenêtre orientée au sud, un vieillard en manches de chemise était assis, il réparait les mailles déchirées d'une nasse. Il interrompit son travail et tenant dans ses mains le cerceau du filet, de ses yeux éteints de vieil homme, il regarda fixement le nouveau venu. Son visage était maigre et vieilli ; il examina celui qui entrait sans sourciller, sans répondre à son salut, sans curiosité, simplement comme avec un soupçon de perplexité.

La troisième personne, une femme, se tenait debout entre le poêle et le grand seau à eau. Elle portait une robe de toile et un tablier sale. Elle avait relevé les manches de son corsage et laissait voir ses bras fermes et blancs. L'étranger regarda ses mains, leur forme était jolie, leurs doigts longs et effilés, mais elles étaient rouges, gercées, et leur paume durcie. Puis il regarda son visage : ses cheveux mal entretenus, peignés négligemment, étaient tirés en arrière sur le front, si bien que sa figure, dans la clarté morne de la lampe électrique, restait étrangement nue et dénudée impitoyablement. C'était un visage figé et impénétrable, dont les yeux d'un bleu froid regardaient le nouveau venu sans manifester le moindre embarras. Ces yeux le connaissaient déjà avant même qu'il eût prononcé un seul mot, et il pensait dans sa torpeur et dans sa lassitude que cette femme dont le visage était si impitoyablement dénudé et les yeux sans pitié et sans rêve, était un être peu commun, trop dur pour être femme.

Enfin elle inclina légèrement la tête et répondit à son salut par un « Bonsoir ».

L'inconnu enleva lentement le sac de son dos, s'assit sur le banc étroit, près de la porte, à côté du poêle et posa son sac et son chapeau entre ses jambes. Il s'assit sur le banc près de la porte, là où les enfants et les mendiants s'assoient, et il ne dit pas un mot. Telle était la coutume dans cette contrée, seuls les crétins et les enfants mal élevés commençaient tout de suite à débiter leurs histoires. Il avait ignoré cet usage, lui qui venait de loin, mais il l'avait vite appris. Cette coutume l'impressionnait, elle lui semblait bonne, il n'était pas pressé de parler.

Le vieillard souleva dans ses mains le cerceau de la nasse et se mit à repriser une maille déchirée. La femme s'approcha de la table qu'elle essuya après avoir enlevé le couvert. C'était une femme grande et solidement charpentée, elle était chaussée de bottes à tiges basses pour l'étable dont les bouts et les talons étaient maculés de fumier desséché.

L'homme près de la table feignait toujours de lire son journal, mais son regard sans énergie, faux et rusé, suivait à la dérobée les mouvements de l'étranger assis près de la porte. Et ce dernier eut de nouveau le sentiment confus d'avoir vécu dans un passé lointain ce même instant, au moment paisible du soir, dans la vieille salle, sous la lumière sans vie de la lampe électrique. Il avait déjà subi ce visage flasque, ces poches bleuâtres sous ces yeux faux, ces cheveux gras, cette bouche entrouverte aux lèvres faisant la moue, aux dents gâtées, et ces mains qui tenaient mollement le journal. Il avait déjà vu des gens comme ceux-ci. D'un air sévère, il regardait droit dans ces yeux faux, dont le regard se dérobait à lui trop mollement.

« L'étranger vient-il de loin ? » demanda le vieillard en ramenant, de ses mains aux veines saillantes, la nasse sur ses genoux ; c'était la coutume de questionner ainsi, quand un temps convenable s'était écoulé après l'arrivée d'un inconnu ; la femme, elle aussi, s'arrêta près de la table et resta à regarder l'étranger, la maison étant à l'écart du village rarement des visiteurs y venaient sans motif. Cependant la femme semblait savoir ce qui amenait celui-ci. Elle avait même un peu attendu qu'il vînt quelqu'un. Tous les trois, dans la grande salle, dévisageaient maintenant l'inconnu. Celui-ci, après un instant, dit en hésitant et sans répondre à la question même :

« Je venais pour demander une place de premier valet ou de chef de culture. »

L'homme, près de la table, regarda la femme et jeta son journal sur la table, son visage changea d'expression, ses yeux devinrent mauvais, sa bouche se tordit horriblement. Il dit d'un ton irrité :

« Il n'est pas besoin ici de premier valet, qui a pu vous mettre pareille idée en tête ? »

L'inconnu ne se troubla pas, mais étonné et un peu dédaigneux il regarda l'homme qui perdait tout contrôle, puis son regard glissa vers la femme, et il dit, s'adressant à elle :

« J'ai vu une annonce dans le journal, et j'ai eu l'idée de venir demander. »

Elle l'approuva de la tête, le regard bleu et dur de ses yeux n'avait pas changé, pourtant elle dit aimablement :

« Entrez plus avant, étranger. »

Cela dit, elle regarda l'homme assis près de la table, elle ne fit que le regarder et le visage de ce dernier se contracta, ses épaules s'enfoncèrent, sa bouche s'affaissa de nouveau, boudeuse et flasque, dans ses yeux seulement l'impuissance rageuse étincela encore pour s'éteindre bientôt dans son inexpressivité fuyante de tout à l'heure.

L'inconnu laissa son chapeau et son sac sur le parquet, traversa la salle et s'installa à côté du vieillard, sur le large banc contre le mur.

« Vous n'êtes pas de la région ? » demanda la femme en le regardant avec calme.

Il secoua la tête.

« Vous venez de loin, alors ? » continua-t-elle, sans le questionner curieusement, à la façon des femmes, mais avec pertinence.

Il hésita un instant :

« De l'est de la Finlande », dit-il enfin, avec une pointe de contrariété dans la voix. Elle continuait de le regarder interrogativement, de ses yeux calmes et froids, et l'homme ajouta encore, dans sa réponse, le nom d'une grande région industrielle.

« Avez-vous déjà soupé ? » demanda-t-elle, en mettant près du poêle la vaisselle sale au fond de la bassine et en versant de l'eau chaude dessus.

« Je n'ai pas faim », répondit-il en mentant et sans la regarder.

L'homme assis près de la table alluma alors une cigarette à bout de carton, jeta négligemment l'allumette sur le parquet, se leva et s'avançant vers l'étranger, il l'examina de haut en bas. Il rejetait la fumée par les coins de sa bouche, et tapotant la table d'une façon significative, il dit :

« Vraiment, de si loin ? de si loin, vraiment ? Qu'est-ce qui vous a amené jusqu'ici ? »

L'inconnu ne broncha pas, il ne regarda même pas son interlocuteur. Sans répondre, il resta les yeux fixés droit devant lui. L'autre s'irrita :

« Il convient que celui qui demande du travail réponde au moins quand on l'interroge. Et les certificats ? Sans doute avez-vous des certificats ? On ne prend pas dans cette ferme n'importe quel vagabond. »

L'étranger eut conscience de ses bottes aux semelles trouées, de sa veste de gros drap usée, de sa chemise de laine déchirée sous les bras pour lesquels il avait échangé, à la ville, le seul costume qui lui restait. En venant de l'air froid du soir dans la salle tiède, il sentait aussi la sueur qui commençait à couler sur son corps, et l'odeur de ses sous-vêtements malpropres. Le regard arrogant et dédaigneux de celui qui l'interrogeait découvrait tout cela. Alors, lentement, une rougeur sombre monta au visage de l'inconnu qui baissa les yeux.

« J'ai deux certificats », dit-il très bas.

Sans relever la tête, il fouilla sur sa poitrine et en tira un portefeuille de cuir, très propre, d'où il sortit deux papiers pliés aux coins usés.

L'homme à la lèvre épaisse les lui arracha brusquement des mains, puis se retirant sous la lampe il se mit à les déchiffrer. D'abord, il ouvrit le papier dactylographié et estampillé, puis l'autre, écrit à la main.

« Tiens, jardinier », dit-il enfin ironiquement, « et contremaître à l'échantillonnage de l'usine, et ce papier est si usé que l'on ne voit pas même le nom distinctement, ou peut-être l'auriez-vous gratté, hé ! Ce sont des certificats trop anciens, le plus récent est daté d'il y a huit ans. Où avez-vous été ces dernières années ? C'est ce qui est le plus important. De vieux certificats, quelle blague ! »

L'homme dédaigneusement repoussa les papiers. Son visage se mit à rougir et dans ses yeux une flamme claire s'alluma. Il s'échauffait en parlant. Les mots jaillissaient si brusquement de sa bouche qu'il bégayait parfois. Toute sa mollesse s'était maintenant évanouie, ses traits se détendaient, son front devenait intelligent, c'était le maître d'une assez grande ferme, sûr de lui-même, et conscient de sa valeur.

« Tous ces clochards... »

Le vieillard posa soudain sa nasse sur le parquet et se leva. La femme vint près du poêle en essuyant ses mains à son tablier et se tint debout, près de l'homme. Il était au milieu de la salle, dans la claire lumière de la lampe. Son front rougissait, les veines de ses tempes saillaient, de la salive coulait des coins de sa bouche. Il frappait du pied et étendait ses bras en jurant :

« Mais c'est donc le diable, c'est l'enfer, on ramasse tous les vagabonds dans ma maison, derrière mon dos ! Ne suis-je donc pas le patron de la ferme, s'imagine-t-on que je ne sais pas me tenir debout, que je ne sais pas...

— Doucement, Alfred », dit la femme au même moment, d'une voix basse mais très nette, qui traversa tranchante les malédictions et le débordement de paroles.

Les mots s'empêtrèrent soudain dans la gorge de l'homme. Il ouvrit la bouche, resta coi, tourna deux fois sur le parquet et regarda la bûche dans l'ouverture du poêle. Le vieillard fit un pas vers la fenêtre, son dos voûté se redressa, ses longues moustaches grises se hérissèrent et se raidirent.

L'homme donna un coup de pied à la bûche, ses pommettes grasses et son menton se mirent à trembler, puis il regarda la femme, et de son banc, l'inconnu lut dans ce regard une haine si profonde, si amère qu'il dut détourner la tête.

L'homme, soudain, partit dans sa chambre ; ses pommettes tremblaient encore, il ferma la porte derrière lui en la frappant violemment. Une autre porte claqua et au même instant on entendit dans la pièce du fond le grincement d'un lit sur lequel un homme tout habillé, encore chaussé de ses bottes sales, se jette de tout son poids. Puis on ne perçut plus rien ; il n'y avait plus que l'ampoule électrique sans abat-jour et le regard bleu et froid de la femme au milieu de la salle.

L'inconnu, sur le banc, n'avait pas bougé, il avait seulement détourné la tête. La femme le regarda avec attention, puis revint près du poêle laver la vaisselle. Les moustaches grises du vieillard retombèrent. Osseux, le dos voûté, il s'assit à son ancienne place, près de la fenêtre, et se mit à regarder dehors, en abritant ses yeux de sa main. La nasse gisait à ses pieds sur le parquet.

Au-dehors, le ciel s'assombrit, des étoiles apparurent, la crête rocheuse se dessina abrupte contre le ciel, derrière l'étang et les champs mélancoliques. La femme lavait la vaisselle en silence, elle l'essuyait avec un torchon de toile grossière, elle essuya aussi la table et rangea les objets dans le buffet. Quand tout fut fait, elle demeura un instant une main sur la hanche, à regarder le ciel du soir, et en bas, dans le lointain, le village que seuls quelques points lumineux révélaient. Puis, toujours en silence, elle enleva son tablier et vint s'asseoir à la table sur laquelle elle croisa les mains. Cette fois, elle ne regarda pas l'étranger en disant :

« Nous avons besoin d'un aide habitué à tous les travaux qui peuvent se présenter dans la culture, et capable aussi de s'occuper tout seul de la propriété. Nous ne sommes que nous trois. Le vieux fermier fait sa part du travail, ce qu'il peut. Mon mari... »

Elle s'interrompit un instant comme si elle eût eu ce terme en aversion. Elle regardait ses mains dont l'étranger fixait lui aussi les doigts robustes, d'une jolie forme mais sans bague. Elle continua, d'une voix égale ; on aurait dit qu'en travaillant près du poêle, elle avait préparé minutieusement ce qu'elle allait dire :

« Mon mari prend sa part aussi du travail, mais irrégulièrement, quand il le peut ; lui..., lui, il a été malade. Au début, ni l'un ni l'autre nous n'étions cultivateurs ; nous aurions besoin d'un homme de confiance, mais... »

Elle s'arrêta de nouveau. Pour la première fois, une sorte de trouble s'empara d'elle. On aurait dit qu'un orgueil dur et rigoureux lui rendait les mots qui allaient suivre difficiles à prononcer. Pourtant elle reprit :

« Mais à peine pourrons-nous garder un valet jusqu'à l'automne. »

De son banc, l'inconnu inclina la tête. Une fois encore la femme lutta avec elle-même :

« Et de plus, si vous tenez surtout aux gages, alors, je crains bien que... »

Mais l'inconnu s'empressa de dire :

« Non, je ne suis pas très exigeant pour la paye et je resterai volontiers jusqu'à l'automne avec ce que la patronne compte pouvoir me donner. Ensuite, on verra. »

Le vieillard quitta sa place près de la fenêtre, souhaita bonne nuit, et traînant les pieds, sortit dans le couloir. On entendit plus loin le grincement d'une porte ouverte et refermée. La femme regarda l'inconnu, il semblait que ce regard fermé s'était un peu ouvert, que ce visage nu s'était un peu adouci.

« Le vieux fermier habite dans la chambre du couloir, il habitera à la ferme jusqu'à sa mort ; il a été pour moi d'un bon secours. »

L'inconnu leva les yeux et regarda droit dans ceux de la femme. Soudain la douceur de ce visage s'évanouit, il se figea de nouveau, ses yeux prirent un éclat dur et comme si elle se tenait sur ses gardes, elle dit sèchement :

« Je ne désire pas voir vos certificats ; que signifient des certificats ! On saura bientôt ce qu'on peut en penser. Je ne m'inquiète pas non plus de l'endroit où vous avez travaillé ces temps derniers et de la raison pour laquelle vous en êtes parti, cela ne regarde que vous. Il me suffit de savoir que vous n'êtes pas de la paroisse. Sans doute êtes-vous célibataire, comme on le demandait dans l'annonce ? »

L'homme, un très court instant, hésita à répondre.

« Oui », dit-il enfin.

« Je ne sais pas vos raisons, et ne me soucie pas de savoir pourquoi vous désirez cette place, continua-t-elle. Les gens du village n'ont pas affaire ici, et nous n'avons pas beaucoup de rapport avec eux, il est bon que vous sachiez cela tout de suite, dès le début. Vous pouvez coucher là, dans le lit au fond de la pièce, jusqu'à ce que les nuits se réchauffent, ensuite, vous irez dans le magasin. Comme cuisinière, je ne suis pas très remarquable, et au printemps en particulier, il n'y a pas trop à manger à la ferme ; je le dis pour que vous soyez au courant. Si vous vous en contentez, alors, restez. »

L'inconnu quitta son banc en silence, il alla à la porte, accrocha son chapeau au clou et porta son sac à côté du lit, au fond de la salle. Puis il revint près de la table, et resta là, debout, à regarder la femme.

« Si la patronne s'étonne que je veuille cette place », dit-il gauchement, « alors je ne veux dire qu'une chose, c'est qu'il ne faut pas croire que je sois venu là pour fuir la justice. »

Il s'arrêta de parler et hésita comme s'il désirait ajouter quelque chose, mais la femme éleva la main pour l'en empêcher.

« Je ne suis pas curieuse de vos affaires, j'ai assez des miennes. Allez seulement vous reposer si vous êtes fatigué. Demain je vous montrerai ce qu'il y a à voir. »

Il y avait dans ces derniers mots un ton amer et très sec, alors elle se leva, mesura l'homme du regard, en hésitant, puis elle se retira dans sa chambre.

L'inconnu était assis sur le bord du lit quand elle revint dans la salle. Il avait enlevé ses bottes humides et posé ses molletières tachées de boue. La tête baissée, il regardait ses pieds rougis et écorchés par la longue marche. On aurait dit qu'il venait juste de s'en apercevoir.

La femme porta les bottes et les molletières près du feu pour les faire sécher, puis elle posa sur le lit à côté de l'homme, un paquet de linge propre.

« Essayez si cela vous va », dit-elle, avec plus de dureté que d'amabilité. « Demain matin, vous pourrez prendre des bottes de caoutchouc dans l'entrée, celles-ci sont presque inutilisables, et vous poserez là, dans le coin près du poêle, votre linge à laver. »

L'inconnu se mit debout gauchement ; sans chaussures, sa tête dépassait à peine celle de la femme. Leurs yeux se rencontrèrent, ceux d'un bleu froid de la femme, et les yeux gris-vert, mystérieux et graves de l'homme. Il tendit la main.

« C'est sans doute l'habitude de sceller l'accord d'entrée en service par une poignée de main, dit-il, un peu désemparé, mon nom est... Aaltonen. »

Elle le regarda d'un air soupçonneux, comme si elle s'était mise brusquement sur ses gardes ; la main de l'homme s'abaissa ; rempli de confusion il regardait ses pieds nus et écorchés. Timidement il s'empressa de dire :

« Je ne connais pas les habitudes de ce

pays, peut-être ne sied-il pas que la patronne serre la main d'un valet.

— Il n'est pas question d'habitudes », dit-elle lentement, et elle lui tendit la main.

Ces mains étrangères s'étreignirent et vite se séparèrent de nouveau. Mais dans la rude poigne de l'homme habituée au travail demeura la sensation de l'étrange contact de cette main ferme, solide et belle, et tandis que la femme se détournait, l'homme éleva sa propre main et la regarda, étonné. Il était habitué à des poignées de main d'un autre genre.

« Soyez le bienvenu à la ferme, Aaltonen, dit la femme, et maintenant allez vous reposer, car vous êtes fatigué. Bonne nuit.

— Bonne nuit », répéta-t-il, et il la suivit du regard, pendant que droite et raide elle allait dans sa chambre. Puis la maison devint silencieuse.

L'homme retira lentement, par-dessus sa tête, sa chemise déchirée, il regarda autour de lui, traversa la salle avec précaution et tourna le bouton électrique. La lumière s'éteignit.

Après un long moment, ses yeux s'accoutumèrent au crépuscule de la nuit de printemps, et les objets de la pièce se dessinèrent en masses sombres. À travers la chambre, il regagna le lit du fond. Avec l'obscurité, une grande fatigue miséricordieuse envahit de nouveau son corps. Sans se déshabiller davantage, il tira sur lui la couverture usagée en peau de mouton, mit son sac sous sa tête, et s'étendit de tout son long. Cette maison était désormais la sienne. La vrille faisait tic-tac dans la poutre du mur près de son oreille. C'est l'horloge de la mort qui bat, pensait-il, en s'enfonçant dans le sommeil, un sommeil lourd et sans fond, sans aucun souvenir du passé et sans rêves.

La vrille faisait tic-tac dans la poutre du mur quand j'ai dormi ma première nuit dans cette ferme, pensa-t-il, quelques fois, plus tard.

II

L'inconnu dormait encore quand, au petit jour, la femme vint, sans bruit, de sa chambre dans la salle et commença, sans allumer la lumière, à mettre du bois dans le poêle et la cafetière sur le feu. Elle jeta un coup d'œil vers le lit et remarqua avec un peu de déplaisir que l'inconnu n'avait pas pris la peine de se dévêtir. À vrai dire, elle était déjà accoutumée à la malpropreté et à la crasse ; sans doute, elle-même s'était parfois mise au lit les jambes souillées de fumier, tachées de purin, mais cela pourtant n'était arrivé qu'aux jours de très grand découragement, pendant les plus sombres journées d'hiver, quand en dépit de tout, l'amertume, comme un charbon ardent, rongeait son âme.

Elle avait depuis quelque temps déjà négligé son corps, elle ne lui donnait que les soins les plus nécessaires, parfois même, à dessein, elle le rendait déplaisant à voir, pour choisir entre deux maux le moindre. Car de jour en jour, de semaine en semaine, d'année en année, elle s'était lassée des refus, des prières et des sacrifices qui n'avaient servi à rien, et elle commençait à chercher des moyens plus efficaces que les mots.

Elle vaquait sans bruit dans la salle. Les matins lui appartenaient, et elle bénissait chaque instant où elle pouvait être seule. Son mari se levait tard, elle le laissait couché aussi longtemps qu'il en avait envie. Souvent, en hiver, il restait au lit toute la journée, mais cela non plus n'était pas toujours bon. Quelquefois alors, il se levait en cachette et glissait furtivement, en vêtements de dessous, dans les pièces, quand il savait que le vieux fermier était parti à la porcherie ou au bûcher.

Au-dehors, le monde entier resplendissait déjà de la clarté de l'aurore. En même temps, sur les champs découverts, les ombres compatissantes s'évanouissaient. Ce matin nu s'éveillait au premier printemps et les branches gelées des arbres se dessinaient impitoyables. Épuisée par des dizaines d'années de culture, la terre, la triste glèbe, avait un aspect lamentable à cette époque de la fonte des neiges. Pourtant la femme s'arrêta près de la fenêtre, à côté du poêle, et regarda le chemin. Les branches du bouleau, dans la cour, s'embrasaient rougeâtres sous la lumière du soleil levant. Du village, deux colonnes de fumée s'élevaient dans le ciel, s'inclinant selon le vent, et la glace de la rivière était d'un bleu étincelant.

Le feu était allumé dans le foyer, et les flammes pétillaient doucement. La femme se détourna une fois encore pour regarder l'homme qui dormait au fond de la pièce. Une grande main durcie pendait sans force sur le rebord du lit, la chevelure était en désordre et le visage rendu inexpressif par le sommeil. C'était une figure maigre avec de nombreuses rides aux coins des yeux, et de longs plis fatigués autour de la bouche. La femme prit le seau, la passoire et partit à l'étable.

Pendant que près de la porte elle vidait à travers la passoire le premier seau dans le bidon à lait, elle vit que l'étranger était venu dans la cour et que, torse nu, il se lavait près du puits, bien que dans l'air persistât encore le froid piquant de la nuit. L'inconnu se lavait près du puits, dans la lumière rougeâtre du soleil levant, et son torse nu était vigoureux et musclé, son dos droit et ses hanches étroites. Très maigre, il n'avait pas sur tout le corps le moindre brin de chair superflue. La femme le regarda comme un objet étrange jusqu'à ce qu'elle sentît en elle-même, à son propre étonnement, un léger frémissement de sympathie. C'était dur, vraiment, d'être seule, pauvre, et d'avoir à commander un autre. Mais ce n'était pas le pire, pensait-elle, en se souriant à elle-même, être seule, pauvre et devoir commander un autre, cela peut, pour certains, paraître un rêve inaccessible de liberté.

L'homme s'était peigné, rasé, et avait changé de linge quand la femme revint dans la salle. Elle s'en rendit compte du coin de l'œil, en disant bonjour. Le visage de l'homme était bleui de froid et toujours sans aucune expression, comme si le sommeil en avait effacé bien des choses. Le sommeil en avait fait disparaître la fatigue apparente, la perplexité et la crainte qui suivent l'arrivée dans une place inconnue. C'était maintenant un travailleur prêt à commencer sa journée. En vérité, il avait encore très froid de s'être lavé avec l'eau du puits, à l'aurore glaciale de ce début de printemps, mais, en même temps, c'était comme si le contact glacé de l'eau avait consumé en lui la boue, les contacts honteux de bien des années et le dégoût de lui-même. Désormais il n'attendait plus que du travail, car c'était pour travailler de ses mains qu'il existait, pour travailler de ses mains adroites et solides ; il n'y avait rien de mieux que le travail pour l'homme qui désirait effacer bien des années de sa vie, comme si elles n'avaient même jamais existé.

Aussi, pendant cette première journée et

pendant celles qui suivirent, il s'enferma dans le cercle de sa tâche et de son propre oubli, sans penser et sans rien voir d'autre, comme un grand malade qui ne se rend plus compte de ce qui se passe autour de lui, ou bien, s'il s'en rend compte, ne s'en soucie plus. C'est pourquoi il convenait à cette ferme, car il n'avait rien demandé, n'avait montré aucune curiosité, n'avait regardé personne avec attention. C'est pourquoi aussi sa présence était comme un remède délicieux à l'esprit fatigué, il était proche et pourtant lointain, on pouvait se fier à lui sans qu'il exigeât rien en compensation, il était, sans le savoir, le soutien invisible à l'insu de tous les autres, et c'est pourquoi c'était un mal qu'il fût venu dans cette ferme.

Le soleil matinal se faisait de plus en plus chaud en ce premier matin où il croyait commencer une vie nouvelle. La pâleur et le rouge délicat du ciel se fondaient pour produire le bleu profond du ciel printanier ; de la terre une vapeur légère commençait à monter, et la glace bleue de l'étroite rivière se crevassait. Aaltonen but son café à la solide table de la salle, il mordit le pain dur de ses fortes dents, et sentit, sur le pain, le goût de la margarine. Puis la femme lui montra les dépendances, l'écurie, la grange et la porcherie sous le même toit. Aaltonen, les années passées, s'était habitué à d'autres conditions d'existence, à des conditions meilleures peut-être, et son regard n'était plus aussi habitué qu'autrefois à juger et à évaluer les points faibles d'une ferme. Pourtant, son œil non exercé vit que celle-ci, mal entretenue, suivait doucement le chemin qui mène à la ruine. Les angles des bâtisses s'inclinaient, et sous le dégel, les toits de bardeaux tout rapiécés parurent lamentables à cet homme soigneux.

Il vit, dans la remise, des machines agricoles, d'un modèle ancien, jetées là, négligemment, pour l'hiver. La grande étable semblait déserte car il n'y avait plus que quatre vaches, une génisse maigre, et dans sa stalle, un veau solitaire.

« Il a fallu diminuer le cheptel cet automne, car l'année a été mauvaise en foin », dit la femme dans l'étable, et elle détourna les yeux.

Dans le grenier Aaltonen tâta le foin, il était roussi, il avait d'abord été mouillé dans le champ, puis trop séché. Il y avait aussi de la paille hachée et de la farine d'avoine.

« Vous n'avez pas comprimé le fourrage ? » interrogea-t-il, mais ce fut comme s'il n'avait absolument rien demandé. Une légère rougeur monta au visage de la femme et ses yeux prirent une expression de défi et d'orgueil.

« C'est moi qui prends soin de l'étable, des cochons et des vaches », dit-elle après un court instant, vous n'aurez pas besoin de vous en mêler.

Le cheval, dans l'écurie, était gras et bien nourri. Aaltonen sursauta un peu en le voyant, car c'était une jument blanche. Blanche de vieillesse, jugea-t-il tout de suite. La bête, tête pendante, le regardait de ses yeux aux bords rougis, en couchant ses oreilles d'un air irrité :

« Le vieux fermier a pris soin de l'écurie, dit la femme, il a élevé la jument depuis qu'elle était pouliche. Jeune, elle était grise et pommelée, ses poulains lui ressemblaient, ce n'est qu'en vieillissant qu'ils deviennent blancs. »

Aaltonen tapota le large flanc de la bête. Là, dans l'écurie, au milieu de la piquante odeur ammoniacale du fumier de cheval, il se sentait davantage chez lui. L'écurie, depuis des temps immémoriaux, a été le domaine des hommes. Il regarda la femme et demanda :

« Est-elle pleine maintenant ? »

La femme secoua la tête sans répondre.

« C'est du moins un solide cheval de travail », dit Aaltonen, bien qu'à vrai dire il ne le pensât pas, mais... il hésita un peu..., « dans une pareille ferme on ne peut passer l'été avec un seul cheval. »

La femme alla près de la fenêtre poussiéreuse et regarda au-dehors, en expliquant :

« Ici, c'était la coutume d'acheter chaque printemps un nouveau cheval, lorsqu'ils sont en moins bon état et meilleur marché après le charroyage des bois. En été, ils reprennent forme et en automne on peut en retirer un bon prix quand recommencent les travaux forestiers. »

« Les chevaux sont d'un bon prix actuellement », pensa Aaltonen.

La femme demeura un long moment silencieuse, regardant au-dehors, d'un air distrait. Puis elle se tourna vers Aaltonen et resta le dos à la croisée, en serrant derrière elle fermement, de ses deux mains, le rebord étroit de la fenêtre.

« Ne pourrait-on vraiment pas se débrouiller ce printemps sans un autre cheval ? » demanda-t-elle. Pour la première fois, Aaltonen, instinctivement, se rendit vraiment compte de la grande gêne dans laquelle cette femme vivait et combien il lui était pénible de demander un conseil ainsi, comme en suppliant. Il réfléchit longtemps en lui-même, il tâtait de ses doigts les harnais rapiécés qui pendaient aux murs de l'écurie, puis il dit sans regarder la femme :

« On peut tout, si on veut. »

Et en même temps, il disait ces paroles pour lui-même aussi, c'était plus qu'une simple réponse à la question posée. La femme répéta les mots lentement :

« On peut tout, si on veut. »

Elle se tenait le dos tourné à la lumière, si bien qu'Aaltonen ne voyait pas son visage, mais seulement sa silhouette féminine droite et longue, à la raideur étrange, où il y avait, tout comme dans la nudité du visage, quelque chose d'impitoyable.

« Cette femme est dure pour elle-même, pensait-il obscurément, pourrait-elle être bonne pour quelqu'un ? »

Ils revinrent silencieusement dans la cour dénudée que le soleil réchauffait déjà si bien que les pas s'enfonçaient dans le sol ramolli. On entendit des coups de hache provenant du bûcher, le vieux fermier était levé et fendait du bois.

La femme rentra dans la maison. Aaltonen resta seul dans la cour et regarda le triste champ qui montait depuis le bord de l'étang. Des fossés, les éventails dénudés des saules sortaient contre la terre rougeâtre. Les talus étaient recouverts de gazon. Aaltonen s'imaginait déjà voir comment le froid brouillard s'élèverait de l'étang, un soir d'été, entre les rochers et la forêt, sur la partie la plus basse des champs.

« Il aurait fallu, en hiver, apporter de l'argile et du sable, pensa-t-il, on pourrait aussi essayer avec de la chaux. »

Puis il alla derrière l'étable examiner le fumier. Il était appuyé contre le mur et protégé par un toit de bardeaux ; à côté, un tronc d'arbre résineux où une serpe était fichée, sans doute un reste des travaux d'hiver du vieux fermier. Aaltonen gratta avec la pointe de sa botte le fond de la fosse. Il était maçonné en briques. Malgré cela, il vit que le purin avait coulé en rigoles noirâtres au bas de la colline. Une fois encore il regarda les champs et soupira longuement. Il était difficile de savoir par quel bout commencer.

À pas lents, il s'approcha du bûcher. L'air était déjà très chaud, le vent chassait doucement des nuages blancs dans le ciel, et dans l'air, l'odeur de la terre qui dégèle se mêlait au parfum délicieux et âpre de la résine. Le vieux fermier coupait du bois, il redressa son dos courbé et posa sa hache à l'arrivée d'Aaltonen. C'était un très grand vieillard. Même encore maintenant, bien que voûté, il dépassait Aaltonen d'une tête. Ils se tinrent un long moment muets, face à face. Puis il dit :

« J'ai pensé que si vous veniez un peu me montrer les terres, je saurais quelles semailles de printemps on a songé à faire. »

Le vieil homme le regarda avec son visage maigre et renfermé, puis il ficha sa hache dans le billot.

« Il faudrait mettre les clôtures en état. Il faudra que ça se fasse un de ces jours. Allons-y maintenant. »

Un instant après, la femme, en jetant un regard par la fenêtre, les vit monter tous les deux sur les rochers par le sentier abrupt. Le vieux fermier marchait devant avec son veston rapiécé, Aaltonen le suivait en portant le rouleau de fil de fer barbelé et les cisailles. Ils disparurent entre les sapins gris-vert, sous le couvert du bois. Elle entendit, venant de la chambre, le grincement d'un lit et des pas. De nouveau le regard de la femme se durcit. La matinée était finie, le jour commençait.

Vers le soir, Aaltonen avait vu ce qu'il y avait à voir : les prairies éloignées, le bois mal entretenu mis en coupe pour en tirer des bûches et des rondins de mine et où se dressait encore çà et là quelque solide tronc, les champs labourés peu profondément, et quelques parcelles de terre où le seigle en herbe rougissait faiblement. Il avait vu aussi, avec étonnement, un coin essarté comme à l'aveuglette, où se dressait un tas de souches noircies. On défrichait de nouveaux champs, là où les anciens avaient été laissés incultes, mais cela ne le fit pas rire, il y avait plutôt dans ce spectacle quelque chose de vaguement contrariant et menaçant.

Le même sentiment s'empara de lui quand, le soir, il regarda, de la crête du rocher le plus élevé, le paysage plat qui s'étendait à ses pieds : la maison d'un rouge terni d'où s'élevait par le tuyau de la cheminée une fumée solitaire, les bâtiments gris des dépendances et entre les rochers l'étang marécageux. Le vieux fermier l'avait déjà mis en garde contre cet étang de vase mouvante sans fond, dont les bords moussus s'enfonçaient sous les pieds : il était dangereux pour le bétail.

Instinctivement, Aaltonen ne put s'empêcher de hocher la tête en regardant tout cela. Un instinct salutaire lui ordonnait de réparer, de sauver, d'améliorer ce qu'il pouvait. Mais en proie à un sentiment pénible il savait déjà qu'ici, un homme seul ne pourrait rien. C'était une terre qui se perdait. Il fallait pourtant faire quelque chose, des profondeurs de son être s'élevait un désir étrangement ardent d'aider, d'aider qui ? Cette femme seule qui avait peigné négligemment ses cheveux en découvrant son front, si bien que son visage fermé était tout à fait nu, cette femme qui avait figé tout son être dans une rigidité impitoyable. Semblable à un pressentiment, une profonde pitié s'éleva instinctivement dans l'esprit de l'homme, et lentement, il se mit à faire le compte de ce qu'il faudrait se procurer d'absolument indispensable et sans quoi la terre ne pourrait donner une récolte convenable. Quel pouvait être l'état de la semence ? et les engrais ? Il était difficile de faire des calculs au hasard. Au village il était passé devant la coopérative ; sans doute, le mieux était de demander les prix. Mais il ne pouvait être question que de l'indispensable, présumait-il. Il fallait d'abord se rendre compte de tous les besoins, alors seulement il pourrait parler et expliquer plus clairement.

Il y avait pour le repas du soir des pommes de terre en robe de chambre, du hareng et de la saucisse. Ils s'assirent ensemble tous les quatre à la table sans nappe, chacun mangeant à sa façon. L'homme, celui qui vivait dans la chambre, Aaltonen n'arrivait pas, même en pensée, à l'appeler le patron, car toute sa nature s'y refusait, mangeait peu ; il regardait la nourriture avec dédain, mais il se servait de son couteau et de sa fourchette à la manière des bourgeois, c'était comme si, de cette façon, il avait voulu se distinguer des autres bien que pourtant on mangeât tous à la même table. Il ne prononça pas un seul mot, parfois seulement, Aaltonen rencontrait son regard fuyant et rusé.

En allant se coucher, Aaltonen vit qu'on avait préparé pour lui le lit du fond ; on y avait mis en plus de la peau de mouton une couverture de laine, un oreiller et de gros draps propres. Comme il cherchait quelque chose dans son sac, il s'aperçut qu'on avait fouillé parmi les quelques objets qui s'y trouvaient. Certes, il n'avait dans son sac rien à cacher, mais cependant il s'étonna, cette femme n'avait pas un genre à aller fouiller dans les affaires de son valet. Il n'y pensa pas davantage tandis qu'il s'enfonçait dans un sommeil calme et profond. La pièce déjà lui était devenue familière et il faisait bon être couché sur la dure paillasse.

De bonne heure, le lendemain, il porta avec la voiture deux bidons de lait à la laiterie, dans un autre village, à quelques kilomètres. Le laitier le dévisagea attentivement, deux charretiers le regardèrent aussi et le saluèrent. On aurait dit que par curiosité, ils désiraient lier conversation avec lui, mais il s'abstint de parler. Il n'eut besoin de rien demander, répondit brièvement, et fut content de faire tourner sur le chemin de la ferme la jument blanche qui partit au petit trot.

La jument ne l'aimait pas, il le sentait. Elle marchait les oreilles couchées haineusement et elle sortait ses épaules. C'était un vieux cheval qui avait passé toute sa vie dans la même ferme où il avait été bien traité. Il ne voulait pas d'étrangers. De son côté, Aaltonen n'avait pas besoin de l'amitié de la bête, du moins pas encore. Son étrange couleur blanche le décontenançait en quelque sorte, comme bien d'autres choses dans cette maison, encore qu'il ne pût se l'expliquer très exactement.

Les jours passaient. Ils s'écoulaient sans qu'Aaltonen s'en aperçût, car la besogne lui suffisait. Un travailleur avait longtemps fait défaut dans la ferme, cela se voyait en toutes choses. Et lorsqu'il lui arrivait de lever la tête, il y avait au-dessus la voûte claire du ciel, et un vent tiède balayait les champs. Le village était éloigné, éloignés aussi les villes, les rapides et les usines ; ces rochers mélancoliques et ces maigres terres lui devenaient d'autant plus proches que ses pas foulaient plus souvent la cour et la lisière du champ et que son regard passait sur la contrée.

Un soir, en revenant du travail, il rentra dans la salle vide. La femme était encore à traire dans l'étable, et tandis qu'il quittait ses bottes sales près de la porte, et accrochait sa veste au portemanteau, l'homme vint de sa chambre et se mit à lui parler comme s'il avait guetté pareille occasion.

« Écoutez donc, Aaltonen », dit-il, en s'efforçant de durcir son visage et d'affermir son regard fuyant, « vous qui vous êtes occupé autrefois de travaux de jardinage, vous devez être l'homme qui convient ici. Il y a longtemps que j'ai besoin d'un aide car, à la longue, le jeu des champs ne rapporte pas, vous le comprenez bien vous-même. Il faut un jardin. Pas un petit, tant qu'on y sera, rien de ce coin à carottes, de ces planches à oignons des bonnes femmes. Regardez. »

Il toucha l'épaule d'Aaltonen et par la fenêtre orientée au sud, le fit regarder vers l'étang dont la surface dégelée était rouge sang sous la lumière du soir. Il y avait là, à côté de la maison, deux groseilliers à maquereaux enfouis dans l'herbe desséchée du printemps passé et un pommier que l'âge avait recouvert de mousse. Aaltonen les avait déjà vus et ne les regarda pas. Il pensait seulement en lui-même combien pouvait être désagréable le toucher de cet autre homme, de cette main flasque et paresseuse qui lui avait frappé l'épaule. Il sentit la mollesse répugnante de cet homme, plus petit que lui et déjà à moitié chauve avant l'âge et instinctivement il comprit que son âme était aussi comme un champignon tuméfié. Ces joues tremblotantes lui causaient de la répulsion ainsi que cette bouche flasque et ce menton mou de femme. Le regard fuyant évoquait à l'esprit un lézard glissant le long de la joue.

« Regardez bien, Aaltonen, la pente du sud et la bonne terre profonde. D'abord on plantera cinquante pommiers, on pourra mettre même des pommes de terre entre eux, je l'ai lu. Et là-bas, sur les côtés, des planches, plusieurs planches de concombres, de tomates et aussi un coin pour les fraises. Un carré de betteraves, un carré de carottes, un de choux, un de navets et ainsi jusqu'à l'étang. J'ai déjà fait le plan du travail, tout dessiné, venez voir. »

Il ouvrit la porte de la chambre et Aaltonen, pour la première fois, pénétra dans la partie de la maison réservée aux patrons. Il n'écoutait qu'à moitié le bavardage de l'homme et regardait attentivement autour de lui. Il y avait dans la chambre un lit étroit, une armoire, une table, une chaise, et sur le parquet un tapis de lisière, le tout propre, net, austère et sans grâce. C'était donc la chambre de la patronne. Mais derrière cette pièce il y avait encore la chambre du fond, celle où l'homme couchait et où il conduisit Aaltonen.

Elle était spacieuse et tout à fait différente de ce qu'on se serait attendu à voir dans cette maison. Les murs étaient tapissés de papier gris clair et neuf. De la fenêtre s'apercevait joliment l'étang, avec, derrière, les rochers boisés. Sur une grande table à écrire, il y avait des règles et des papiers de différentes sortes et aussi des décimètres pour dessiner des cartes ; contre le mur, une bibliothèque basse, pleine de livres. Il y avait aussi des livres ouverts sur la table et sur les chaises. Aaltonen les regarda en passant, c'étaient des manuels d'agriculture et des ouvrages en suédois et en allemand. Il regarda du coin de l'œil l'homme qui se tenait debout près du bureau, une main nonchalamment glissée dans la poche de son pantalon, et l'autre montrant des papiers sur la table. Aaltonen pensa l'avoir mal jugé. Peut-être fallait-il attacher à ses paroles plus d'importance qu'il n'avait cru. Il écouta maintenant plus attentivement, mais son regard continuait à faire le tour de la pièce. Et il vit le lit ouvert où l'homme était resté couché tout le jour, si bien que les draps et les couvertures étaient tout froissés et tassés. Il y avait de la cendre de tabac sur le lit et sur le parquet, un livre ouvert sur la bibliothèque était recouvert d'une fine couche de poussière. Aaltonen vit aussi, fixées au mur, des gravures découpées dans des journaux, représentant des femmes nues, aux cheveux courts, dans des poses légères. Puis son regard s'arrêta sur un poste de radio placé sur une table contre le mur. Instinctivement il se prit à dire, pendant que l'homme parlait :

« Vous avez aussi la radio. »

L'homme s'interrompit au milieu de son discours, on aurait dit que sa pensée tâtonnait pour saisir ce que l'autre avait dit.

« Radio, radio », répéta-t-il deux fois sur le même ton, puis il ajouta :

« Oui, on a la radio, oui, mais cette diablesse ne marche pas. Je l'ai payée deux mille marks il y a un an. Non, deux mille huit cents, je me trompe c'était certainement plus de trois mille, mais elle ne marche pas. Et moi je ne puis la réparer tout le temps. Qu'elle reste donc sans marcher.

— Vous n'avez pas d'antenne extérieure ? demanda Aaltonen.

— Non, elle marche bien sans cela quand elle marche. Il aurait fallu grimper sur le toit.

C'est encore le diable, ici, de grimper sur les toits. Mais le jardin... Regardez, j'ai dessiné là cinq planches pour commencer, vous vous mettrez après-demain à façonner des châssis, je vous donnerai les mesures et les dessins et nous commanderons les vitres à la ville. »

Pendant qu'il parlait, Aaltonen regardait la fenêtre, il se pencha pour l'examiner encore plus minutieusement, et vit que les deux battants étaient fixés au châssis avec de gros clous. Il y en avait des dizaines enfoncés à travers le bois. Pour l'aération, le carreau supérieur avait été transformé en vasistas, mais nul ne pouvait ouvrir la fenêtre entière sans en briser les vitres.

« Cinquante pommiers rapporteront cinq mille marks net par an », calculait l'homme en traçant des chiffres sur le papier. « Toutes les pommes indigènes se vendent bien, et lorsque nous aurons donné à la culture du pommier une extension suffisante, alors on frappera les pommes d'importation étrangère de tels droits qu'on pourra arriver à vivre rien qu'avec les pommes. Les pourparlers ont déjà abouti. Et les concombres, les tomates et les baies, ces benêts d'ici n'y entendent rien. C'est de la bêtise, un manque d'initiative ! Qu'ils s'en prennent à eux-mêmes si les terres périclitent. Quoi qu'il advienne, je fais le pari que dans cinq ans ce jardin nous rapportera autant que tous les champs ensemble. Et ce revenu, je le placerai dans le jardin, on l'agrandira, on construira une serre chauffée en hiver, on achètera une auto d'occasion, avec laquelle on pourra se rendre directement à la ville, au marché, deux fois par semaine. »

Aaltonen cherchait des mots dans sa tête. L'homme s'étant tu et s'étant mis à jurer à mi-voix, impatiemment, en additionnant une série de chiffres embrouillés, Aaltonen dit tranquillement :

« Il aurait au moins fallu, en automne, retourner la terre et préparer les planches. Et en hiver il aurait fallu apporter du limon et du terreau. Il y a très peu de fumier, les champs eux-mêmes n'en ont pas beaucoup.

— Au diable les champs, il n'en sort pas d'argent », dit l'homme avec rage, et ses lèvres épaisses se mirent à trembler.

« En outre, poursuivit Aaltonen calmement, il faudrait d'abord calculer à quelle distance se trouve le marché le plus proche, quelle est la concurrence, à quel prix se vendent les légumes en automne ; les carottes, les choux et les navets se conservent, bien sûr, et je n'en dis rien, mais les tomates iraient certainement aux cochons si on les transportait si loin, et les fraises... »

L'homme près de la table froissait le papier dans son poing et se mit à jurer à mi-voix. Il répétait sans fin, sur le même ton, quelques jurons toujours pareils. Aaltonen le laissa là, près de la table et referma doucement la porte derrière lui. Elle avait une serrure neuve et solide, dont le trou était tourné vers la chambre donnant sur la salle, mais il n'y avait pas de clef. Le regard d'Aaltonen effleura une fois encore le lit étroit de la patronne, puis il revint dans la salle.

La femme, portant un seau, venait juste de rentrer, elle sursauta, se raidit et resta à regarder Aaltonen. Il crut apercevoir en elle une frayeur subite et il se hâta de dire gravement, de telle manière que son ton ne trahît pas sa propre pensée ou son jugement :

« Il faudrait se mettre à tailler des châssis pour les planches du jardin et on se procurera des vitres à la ville. » Il se demanda s'il ajouterait « Monsieur », ou le « patron l'a ordonné », mais ces deux appellations lui parurent contre nature autant l'une que l'autre, c'est pourquoi il se tut.

Ils étaient tous les deux dans la grande salle, le travail de la journée finissait, c'était le soir ; et maintenant le moment était venu de dire ce qu'il aurait fallu dire dès le début, mais cela était si difficile qu'elle avait préféré le remettre à plus tard, espérant toujours que quelque chose le révélerait, sans que cela fût dit à mots ouverts.

Elle s'assit sur le couvercle du coffre à bois, croisa, en les serrant, ses mains sur ses genoux et regarda Aaltonen franchement. Ses cheveux mal peignés laissaient à découvert son front déjà bruni par le printemps, elle était chaussée de ses bottes d'étable souillées de fumier et l'expression de ses yeux bleus était ferme, résolue et grave.

« Lui, là-bas », elle inclina la tête dans la direction de la chambre, « il n'est rien dans cette maison. Si parfois il vous adresse la parole, Aaltonen, faites alors comme si vous n'entendiez même pas. Il n'est rien, rien du tout. Quoi qu'il demande, promette ou menace, faites comme si vous n'entendiez même pas. C'est ce qu'il y a de mieux. »

Froide et grave, sans sourciller, elle était assise là, les mains étroitement croisées sur ses genoux. Aaltonen détourna son regard.

« C'est bien », dit-il doucement.

Ce soir-là ils mangèrent à trois. Pas le moindre bruit ne parvenait de la chambre. Il n'y avait plus de margarine sur la table. Aaltonen et le vieux fermier étendaient de la graisse blanche sur le pain dur et ils la saupoudraient de gros sel.

« Voilà le vrai pain du paysan », disait le vieillard satisfait. Il était d'autant plus content qu'il y avait moins à manger sur la table, mais pour faire passer le pain sec, il buvait un peu de lait. Il était aussi le seul, parmi eux, qui bénissait son repas en croisant sur le bord de la table, avant de s'asseoir, ses mains dont les veines saillaient. On voyait que pendant son enfance — des dizaines d'années avant ce monde nouveau — il avait connu la faim, et pour cette raison, le respect du pain s'était enraciné dans son sang.

Peu à peu, à mesure que les jours passaient, Aaltonen prit aussi à tâche de remplir le seau d'eau de la salle, de porter le bois et de nettoyer l'étable, quand il avait le temps. La période pressante des semailles n'était pas encore commencée, mais ce qu'il avait entendu dire au vieux fermier au sujet des semences et entrevu lui-même au fond des coffres de la grange le rendait soucieux.

Il ne fut plus question du jardin, mais un soir, pendant qu'Aaltonen nettoyait l'étable, l'homme qui habitait la chambre se glissa furtivement à la porte et pénétra dans l'étable en prenant garde de ne pas poser les pieds dans le fumier. Avec une baguette qu'il tenait à la main, il piquait le flanc des vaches, d'un air hautain. Il lui était difficile d'entamer la conversation. Aaltonen poussait paisiblement avec sa fourche la paille et le fumier le long de la rigole d'écoulement en faisant semblant de ne pas voir celui qui venait d'entrer. Quand il fut arrivé près de la trappe à fumier, l'autre s'approcha tout près et demanda brusquement d'une voix rauque, en se faisant humble, à la fois avec arrogance et familiarité :

« Avez-vous de la goutte, Aaltonen ? »

Aaltonen fit semblant de ne pas entendre. L'autre tendit plus près son visage flasque et bleuissant dans la pénombre de l'étable et dit, le menton tremblant :

« Apportez-moi de l'eau-de-vie quand vous irez à la laiterie, Aaltonen, je vous paierai, je vous assure. »

Aaltonen ouvrit brusquement la trappe et se mit lentement, à petits coups de fourche, à repousser le fumier humide. L'autre serrait les poings, sans force, et il dit en chuchotant et en regardant derrière lui, à la dérobée, pour être sûr que personne d'autre ne l'entende :

« La semaine prochaine je recevrai de l'argent, beaucoup d'argent. J'ai écrit à la ville. Apportez-moi de l'eau-de-vie pour samedi. Je vous donnerai cent marks, vous pourrez même avoir deux cents marks, Aaltonen. »

La fourche gémit dans la main d'Aaltonen lorsque soudain il la lança à tour de bras dans un coin sombre de l'étable en jurant :

« Satanés rats. »

L'autre sursauta en reculant et vint au milieu du parquet, là seulement il comprit et les mains et la tête tremblantes il bégaya :

« Qu'est-ce que vous parlez de rats ? »

Alors tout d'un coup il frappa de sa baguette l'échine de la vache la plus proche si bien que la bête sursauta en se dressant sur ses pattes et en faisant cliqueter sa chaîne, puis il sortit.

Aaltonen retira la fourche coincée dans une poutre pourrie du mur ; mécontent de lui-même, il tâta son fourchon brisé, puis il alla auprès de la vache et lui caressa légèrement le dos. Elle tressaillit. Aaltonen sentit aussi que sa main tremblait.

III

Les glaces étaient fondues. Dans la cour la terre verdissait faiblement, les pins sur les rochers passaient au vert bleuâtre et commençaient à vivre. Le vieux fermier, le soir, ramait seul dans sa barque à fond plat. Il posait des nasses à l'entrée du ruisseau qui sortait de l'étang. Ce ruisseau devenu impétueux et abondant descendait vers le fleuve le long de son lit creusé dans la pente rocheuse, comme un petit rapide mugissant. On disait qu'il était complètement à sec quand arrivait la fin de l'été ; maintenant, il roulait une eau vive devant l'étuve et ses sombres sapins, à travers un petit pâturage et un champ de seigle en herbe.

Par une claire matinée, Aaltonen charriait du fumier lorsque le vieux fermier revint de l'étang ; il portait au bout d'une tige d'osier trois brochets assez gros. C'était sa meilleure pêche jusqu'à présent et cela détendait son visage, y faisait monter la légère ride d'un sourire, si bien qu'il essuya ses moustaches et s'arrêta près d'Aaltonen qui laissa la jument se reposer. Il éprouvait lui-même un sentiment étrange, absolument comme si, doucement, il avait été sur le point de s'éveiller d'un long somme et que toutes les images du monde extérieur fussent devenues plus distinctes à ses yeux, qu'elles se fussent colorées et qu'elles eussent commencé à vivre. Il était en train de se détacher de lui-même, de se libérer pour chercher dans sa vie quelque chose de plus que jusqu'alors, et cela le portait à écouter volontiers et à dire aussi quelques mots pour sa part.

Le maigre vieillard souleva les brochets pour les montrer. Ils étaient presque noirs tous les trois, des poissons d'un étang au fond vaseux et à l'eau sombre. Le plus grand ouvrait encore sa mâchoire de poisson carnassier aux dents grimaçantes et aiguës. Pour Aaltonen, ils étaient l'indice que de la vie avide se cachait aussi dans l'eau visqueuse de cet étang mort, presque toujours calme comme un miroir.

« Voilà encore de la nourriture fraîche pour quelques jours », dit-il, flatteur.

Il regardait les yeux du vieillard, déteints et entourés de rides d'un gris terreux, et il sentit, comme un violent sursaut, que cet inconnu lui devenait très proche. Un respect mutuel, une estime réciproque les attiraient l'un vers l'autre, malgré leur grande différence d'âge. Tous les deux servaient avec vigilance cette vieille terre, ces pauvres champs, défrichés depuis longtemps déjà, parmi ces rochers menaçants. Mais, maintenant, c'était une claire matinée, le jour souriait et on savait qu'on aurait de la nourriture fraîche, la vieille jument elle-même releva la tête devant la charretée pesante de fumier et elle se mit à hennir d'impatience.

« Appelle-moi simplement Hermanni », dit le vieil homme en faisant semblant de palper les flancs du plus gros des brochets, « et toi quel est ton prénom ? »

Aaltonen hésita un peu.

« On m'appelait Jonni. »

Un long moment ils se tinrent là, silencieux, face à face : le vieillard grand et décharné, une veste rapiécée sur ses épaules voûtées, balançait dans ses mains les trois brochets noirs, au bout d'une branche d'osier, et Aaltonen, maigre lui aussi, mais le dos droit, les hanches étroites et les muscles solides de travailleur, s'appuyait sur le brancard de la charrette, palpant les guides dans ses mains.

« Les champs n'ont pas assez de fumier ce printemps », dit Aaltonen.

Ils regardaient tous les deux les planches qui s'élevaient le long de la pente et où s'apercevaient çà et là quelques rares charges solitaires de fumier, renversées de loin en loin.

« La semence elle aussi est bien faible », dit le fermier Hermanni.

Aaltonen eut envie de demander d'où venait cette muraille invisible qui se dressait toujours quand il aurait fallu se procurer ou acheter quelque chose, même d'indispensable. Mais ce n'était pas son affaire de poser des questions indiscrètes. Ce qui le regardait, c'était de travailler aussi bien qu'il le pouvait avec les moyens qu'on lui procurait.

« Il aurait pourtant fallu de l'engrais chimique », commença-t-il, mais il n'acheva pas sa phrase.

« Nous aurons quelques sacs de phosphate, dit Hermanni, d'ailleurs c'est le temps et le vent qui font la moisson. Un grand effort ne fait pas toujours grand'chose à la terre. On vivait bien autrefois sans école ni agronomes, même une maigre terre donne si elle doit donner, la sagesse de l'homme en cette matière, c'est comme si on soufflait dans le vent. »

De nouveau ils se tinrent longtemps silencieux dans le clair rayon de soleil. Dans la cour, la flamme violette des bourgeons du bouleau étincelait. Un oiseau, bien haut dans le ciel, poussait son cri de joie enroué.

« Vous avez dû être longtemps dans cette ferme, Hermanni ? dit Aaltonen.

— Pas toute ma vie cependant », et le vieil homme raconta en peu de mots :

« Nous sommes d'une famille dispersée. Je suis moi-même un des derniers de l'ancienne génération. Les autres sont allés à la ville. Pendant ma jeunesse, j'ai parcouru bien des pays, j'ai même été ouvrier chez un forgeron en Ingrie, et j'ai été aussi sur mer, dans mon temps. Puis je suis revenu et il est arrivé que mon oncle Joose est mort dans le pâtis en allant y chercher son cheval. Je pourrais vous montrer un jour la place exacte où nous l'avons trouvé. C'était un bon travailleur, mais son cœur s'est fatigué avant l'âge.

— Et ceux-là ? » ne put s'empêcher de demander Aaltonen en inclinant la tête du côté de la maison.

Une ombre effaça le sourire sur le visage du vieillard. Il hésita à répondre, pourtant il dit lentement, comme en pesant exactement chaque mot :

« Ils habitent la maison depuis trois ans seulement. Avant eux il y avait déjà à la ferme un patron qui n'était pas d'ici non plus. Peu m'importe qui possède la terre pourvu que j'en reçoive mon pain et, pour me loger, la chambre du vestibule. Je ne suis plus bon aux durs travaux, je dois même renoncer à labourer dès le milieu du jour, quand ma poitrine commence à être oppressée.

— Viennent-ils de la ville ? » demanda Aaltonen.

Mais le vieillard ne répondit pas directement à la question.

« Lui, cet Alfred, il est, du côté de sa mère, apparenté à la ferme. On le dit ingénieur, il est possible qu'il le soit. Je me rappelle bien l'histoire de sa mère. Cette femme s'était réfugiée dans sa maison familiale avec son enfant et elle est morte ici. Son mari, un ivrogne, vint à l'enterrement, et le cercueil était encore ouvert dans le magasin quand ma propre mère le surprit en train d'arracher, en cachette, l'alliance du doigt de sa défunte femme. Il disparut ensuite, quelque part en Russie, et depuis l'on n'a plus entendu parler de lui. Mais il laissa son sang en héritage à cet Alfred. »

Hermanni, en parlant, regardait l'étang. Aaltonen sentit instinctivement que ce vieillard renfermé devait déjà, en pensée, être honteux d'en avoir trop dit.

« Voyez comme la journée passe, déjà », dit Aaltonen, et il tira brusquement sur les guides. Hermanni partit avec ses brochets vers la grande salle.

Avec l'approche du printemps, l'homme qui habitait la chambre devint moins paisible. Il allait maintenant au travail avec les autres, il étendait le fumier, enlevait les souches sur un nouveau champ qu'il se vantait d'avoir lui-même entièrement défriché, et il pestait parce qu'il aurait fallu avoir des pétards pour faire sauter les souches. Il s'acharnait à la besogne et Aaltonen ne le voyait jamais trouver la cadence paisible et calme propre au travail du paysan. Parfois il entreprenait une tâche et pouvait trimer pendant plusieurs heures, le front et le cou en sueur. Il enlevait même sa chemise jusqu'au moment où brusquement il laissait tout en plan et s'étendait de tout son long sur la pente de la colline. Il avait souvent quelque prétexte pour s'arrêter. Tantôt il cassait le manche de sa houe, tantôt, en cachette, il frappait sur une pierre le tranchant de sa hache qu'il ébréchait, alors il pestait contre ces outils bons à rien et se mettait à lancer des pierres et des bouts de bois aux poules venues gratter dans la cour. Le soir il tournait autour du magasin et des dépendances avec des yeux brillants ; dix fois au moins dans une soirée il allait au puits boire de l'eau, puis il s'installait près de la grange et regardait avec passion vers le village.

Une nuit, Aaltonen fut réveillé par une conversation venant de la chambre et par le claquement de la porte. Il se souleva sur les coudes, tout son corps subitement tendu, et son cœur se mit à battre à coups étouffants et précipités. Là-bas, l'homme cherchait à sortir de sa chambre, il frappait et donnait des coups de pied à la porte conduisant à la pièce près de la salle et jurait, mais seulement à voix basse, pour ne pas éveiller les autres. Aaltonen entendit la femme se lever et parler à travers la porte. On ne distinguait pas les mots. Puis tout à coup un grand bruit se fit entendre de la chambre du vestibule. Hermanni donnait des coups de poing dans le mur et cria si fort que les mots parvinrent jusqu'à la salle :

« Silence ! ou j'arrive avec une bûche. »

Tout devint subitement silencieux. Aaltonen resta encore un instant éveillé, l'oreille tendue, puis il s'assoupit. En quoi cela le regardait-il ? essaya-t-il de se convaincre. On ne lui demandait pas son aide et on n'en avait pas besoin. Néanmoins, il sentit confusément, effrayé par sa propre pensée, que cela le regardait. C'est ce que disaient les battements violents de son cœur épouvanté.

La femme était très agitée ces jours-ci, cela se voyait à ses mains nerveuses, à ses yeux dans lesquels il y avait un pressentiment de malheur, de la lassitude et une prière muette implorant du secours. Mais on ne pouvait l'approcher, un étranger ne pouvait pas l'aider, un seul mot faisait raidir son corps et monter à ses yeux un dur et froid regard. Quelque chose de chaud et de douloureux palpitait dans l'esprit d'Aaltonen quand, après le repas du soir, assis sur le banc le long du mur, il regardait en secret son étrange patronne. Lui, Aaltonen, avait souffert aussi, bien qu'il eût appris, après de longs jours, à fixer ses pensées ailleurs, lui aussi il avait veillé des nuits, il s'était désolé des jours, et dans sa douleur, il avait parfois pensé à la violence, et même au meurtre. C'est pourquoi il aurait voulu secourir s'il avait pu. Mais cette femme était et désirait être seule, impitoyablement.

Ils avaient parlé des besoins indispensables de la ferme. Déjà les champs avaient été labourés et hersés, ils attendaient la semence. Les champs maigres et épuisés attendaient impatiemment la semence. La vieille terre attendait la semence et la pluie et le vent. Mais l'avoine conservée comme graine ne voulait pas germer et n'était pas pure. Il fallait semer du fourrage vert qui servirait en été pour nourrir les vaches et pour suppléer aux pâturages épuisés, et puis il était inutile d'attendre un revenu du lait. Mais la femme ne faisait que hocher la tête et dans son attitude il y avait en dépit de tout son défi et de sa raideur même quelque chose de si désemparé et à la fois de si désespéré qu'Aaltonen comprit enfin :

« Ça ira bien sans doute, on peut tout si on veut », dit-il, en essayant de donner à sa voix l'accent d'un espoir qu'il n'avait pas.

Alors la femme le regarda et Aaltonen crut

voir son regard s'adoucir, mais elle ne sourit pas ; il ne l'avait pas vue sourire une seule fois encore. Cette maison était lugubre. L'eau noire de l'étang, les rochers abrupts, les vieux champs à leurs pieds, et dans l'écurie, la vieille jument blanche ; il y avait en tout cela quelque chose qui tuait le sourire et ternissait l'éclat des jours de printemps. Et cependant, le ciel, ici, était grand quand on le regardait du perron de la salle, plus grand qu'en bas dans le village, plus grand qu'à la ville, plus grand aussi que dans la plate région de l'usine et de sa maison, où poussaient les pins. L'image de celle-ci se glissait parfois dans l'esprit d'Aaltonen, pourtant il n'avait plus envie de se la rappeler. Cette image ne le faisait plus du tout souffrir, on aurait dit qu'une partie de lui-même avait fait défaut et était devenue insensible. C'était bien ainsi. Il la sentait encore en lui, mais elle était morte et à son heure elle se détacherait de lui.

Tout de même cela s'éclaircit un peu à la ferme. Le boucher vint avec sa charrette chercher le jeune veau, et le revenu mensuel de la laiterie suffisait maintenant, et au-delà, pour la nourriture de chaque jour. On avait commandé à la coopérative les semences absolument nécessaires et Hermanni feuilleta l'almanach crasseux à force d'être manié, cherchant quel était, d'après la lune, le meilleur moment pour les semailles.

« Pas encore », disait-il lorsque Aaltonen s'impatientait. Les jours étaient chauds, la terre reverdissait, les champs attendaient la semence.

« Crois à la lune, elle règle mieux que les livres et les agronomes la mise en terre et la pousse de la semence. »

D'abord cela fit sourire Aaltonen, puis il se mit à penser que les usines, les livres, la ville, la science des universités, les radios et les autos conduites sur les grand'routes étaient après tout quelque chose de conventionnel et d'éphémère comparés à la terre. Le vieillard décharné dont les mains aux veines saillantes feuilletaient l'almanach malpropre lui parut soudain plein de sagesse cachée, de science mystérieuse sur la terre, la lune et le soleil, auprès desquelles le sourire dédaigneux se figeait. Qui donc fixait au sein de la terre les chemins des cours d'eau cachés ? Qui donnait la vie à la graine durcie ? Aaltonen n'en savait rien, mais c'était comme si le fermier Hermanni avait eu la science secrète de ces choses. Il était plus près de la terre que l'homme venu de l'usine.

Puis un jour, celui qui habitait la chambre disparut. Quand Aaltonen rentra des champs, vers le soir, la femme vint à sa rencontre dans la cour. Elle se hâtait, les mains presque tendues, sa voix même n'était plus du tout comme d'habitude, elle avait un timbre que la détresse rendait aigu. Pour un moment, son contrôle d'elle-même s'était brisé.

« Aaltonen, l'avez-vous vu ? »

On n'appelait jamais par son nom l'homme qui habitait la chambre, on disait seulement « lui », ou « lui, là-bas », en faisant de la tête un signe vers la pièce du fond.

La femme revenait juste du village où elle était allée aux commissions. Elle était demeurée deux heures absente ; elle était tête nue.

« Je ne l'ai pas vu de la journée », répondit Aaltonen en la regardant gravement et avec sympathie. Un malheur était en train d'arriver, il le comprit et ne voulut pas poser des questions futiles.

Le vieux fermier vint du bûcher, la hache encore à la main. Lui non plus ne demanda rien mais il entra directement dans la maison. Après avoir hésité un moment Aaltonen le suivit, la femme resta dans la cour, les mains étroitement serrées.

Les hommes pénétrèrent dans la chambre, Hermanni le premier, Aaltonen à sa suite. La porte était ouverte, la plaque de fer qui protégeait la languette de la serrure était arrachée de telle sorte que le bois brisé se détachait, blanc, sur la peinture. Dans la chambre de la femme, le tiroir du haut de la commode avait été forcé de la même façon. Il était resté à moitié ouvert, les papiers y étaient encore, mais la boîte de métal où la femme gardait son argent était vide. On l'avait sortie, la dernière fois, quand le boucher était venu à la ferme. Le visage du vieux Hermanni était rigide et fermé. Très calme, il dit :

« Il a dû cacher le ciseau et le marteau dans sa chambre et attendre l'occasion ; hier j'ai cherché où mon marteau était passé, mais j'ai pensé que tu t'en étais servi. Oui, il n'y a plus rien à faire. »

Il parlait calmement, sans un tressaillement dans son visage, mais sa main aux veines saillantes tremblait en tenant la hache. On aurait dit qu'à dessein il avait oublié cette hache dans sa main. C'était bon de serrer quelque chose de dur et de familier quand l'esprit bouillonnait. Aaltonen, une fois encore, sentit son cœur battre à coups étouffés et sourds.

« Se peut-il qu'il revienne ? » demanda-t-il à voix très basse, comme s'il espérait confusément que désormais la détresse invisible détacherait son emprise de cette maison.

« Qui pourrait tuer le mal ? » dit le vieil homme brusquement, et il retourna dans la grande salle.

Aaltonen alla dans l'étable enlever le fumier. Dans la cour il passa près de la femme sans la regarder, mais il entendit sa respiration profonde et saccadée, c'était plus pénible qu'un sanglot, plus pénible que des larmes déchirantes mais qui soulagent. Aaltonen sentit que cet être, son semblable, luttait ce soir-là pour son âme, dans la cour où descendait la tranquillité du soir. L'orgueil indomptable, la haine amère, le sentiment étrange et incorruptible du devoir, combattaient contre ce qui pouvait encore subsister en elle de doux, de faible, de féminin. C'est pourquoi il était préférable pour un étranger de s'éloigner, de se cacher dans l'étable, entre les vaches chaudes qui respiraient lourdement. Il était déjà vraiment trop amer que lui, un inconnu, eût été témoin de ce moment d'humiliation, de déception et de faiblesse.

Un instant Aaltonen eut l'idée de courir à la station du chemin de fer par le raccourci conduisant au-dessus des rochers, ou bien à la grand'route voisine où passaient les autobus, mais c'était inutile, il le devinait. Seulement il éprouvait un besoin insurmontable de faire quelque chose. Rien n'était plus poignant que de voir, comme maintenant, cette femme, les mains molles et ballantes, de la voir secouer la tête, impuissante, et fermer les yeux pour voiler son regard. Aaltonen s'attarda dans l'étable sans allumer la lumière, jusqu'à ce qu'il fît sombre, alors seulement, en hésitant, il se dirigea vers la salle. On voyait par la fenêtre la lumière briller. Le pauvre repas était servi sur la table sans nappe. Tout était absolument comme avant, ils mangèrent tous les trois. Personne ne prononça un seul mot. Le jour suivant, Hermanni répara le montant de la porte de la chambre du fond et fixa une épaisse plaque de fer pour protéger le trou de la serrure. Trois jours après, le boucher revint à la ferme et emporta la génisse. On la lia par les cornes à l'arrière de la charrette et la bête partit le long du chemin en se débattant et en beuglant tristement. Il fallait payer la semence commandée à la coopérative. On ne donnait rien à crédit à la ferme, Aaltonen s'en était déjà aperçu.

« Elle ne serait certainement pas devenue une bonne vache », dit la femme en regardant Aaltonen de ses yeux durs et froids, « elle a été saillie trop tôt, elle serait restée souffreteuse. »

Tous les deux savaient bien que ce n'était pas vrai, mais Aaltonen ne répondit rien, il ne fit que détacher en silence le collier devenu inutile et il quitta l'étable.

Une semaine accablante s'écoula. On sema le blé de printemps et l'avoine. On n'avait pas de semeuse. Hermanni, une corbeille de grains au côté, marchait à pas égaux le long des planches aplanies. Pendant ces jours, personne ne parla beaucoup. Toute la joie et tout le magnifique espoir du temps des semailles semblaient s'être évanouis. Tous les trois, dans leur esprit, couvaient une autre attente, mais de celle-là on ne disait rien.

Un jour, la femme vint chercher Aaltonen. Le temps était froid, un vent piquant soufflait du nord et la surface noire de l'étang ondulait. La femme vint à travers le labour, sans presser le pas. Aaltonen arrêta son cheval au milieu du sillon et attendit. Rien de pareil n'était arrivé auparavant, un mauvais pressentiment lui serra la poitrine. Ils se tinrent là, face à face, au milieu du labour venteux, et ils se regardaient les yeux dans les yeux. La femme tenait la tête très droite, ces démarches humiliantes lui étaient familières puisque sa propre force était impuissante.

Elle cherchait maintenant un être humain pour la soutenir, non le valet, le domestique, mais l'homme à qui elle pouvait se fier, à qui elle ne s'était jamais adressée en vain et dont la seule présence lui était devenue une aide invisible.

Aaltonen la regardait, oubliant tout à coup sa charrue, le champ et la vie passée. Elle se tenait devant lui, droite, ses cheveux blonds tirés en arrière et son visage ravivé par le vent. Le col de son corsage était resté ouvert et le hâle de son cou s'unissait à l'éclat de sa peau blanche. C'était une femme robuste, au dos droit, et aux yeux d'Aaltonen, elle était belle dans toute sa douleur, son orgueil et sa volonté indomptable. Elle l'appelait et tout ce qu'il y avait en lui de viril, d'oubli de soi et de dévouement répondait à cet appel, sans rien réclamer pour lui-même, sans exiger d'amitié, ni un seul mot aimable en récompense.

« Voudriez-vous, Aaltonen, aller au village, avec l'oncle Hermanni, chercher mon mari ? Ils ont apporté un mot disant qu'il est là-bas. Il... il est mon mari. »

Hermanni attendait déjà dans la cour prêt à partir. Il avait pris sa veste des dimanches et coiffé sa tête d'un chapeau à larges bords. Lorsque la femme fut rentrée dans la salle, il dit à Aaltonen :

« Du village, ils ont envoyé une fillette avec un mot disant que les hommes avaient bu toute la nuit dans la grange de Ylätalo. Alfred a apporté de l'eau-de-vie de la ville. Il y a là-bas deux flotteurs et le patron de Ylätalo que sa femme voudrait bien voir sortir de ce groupe. C'est pourquoi on a apporté un mot. Ils peuvent opposer de la résistance ; ils sont, paraît-il, tous saouls. »

Aaltonen empoigna sa ceinture, mais le vieillard le mit en garde :

« Enlève ton couteau de ta ceinture. Casse plutôt un piquet de la clôture sur le bord du chemin. J'ai caché cela sur ma poitrine contre toute éventualité. »

Le vieil Hermanni entrouvrit son veston des dimanches et montra sur son sein une matraque de l'ancien temps. Une ride de sourire semblait avoir fait tressaillir son visage impassible quand il poursuivit :

« J'ai appris à m'en servir sur mer et bien que je sois vieux, il faut qu'on s'y mette à plus d'un avant que je sois sur le dos. »

Ils partirent côte à côte sur le chemin du village, et quand la maison disparut à leur vue, cachée par la colline, tous les deux, instinctivement, hâtèrent le pas. Le vieillard respirait péniblement et de petites taches rouges montaient à son visage. On aurait dit que dans ses yeux était apparu comme un reflet du temps de sa jeunesse. L'attente accablante était passée, c'était le moment d'agir. Aaltonen aussi avait été envahi tout entier par ce même sentiment quand il s'était enfin dégagé de la longue obscurité de l'indécision et des vaines pensées, pour marcher dans la lumière de l'action. Maintenant tout était si clair, il fallait ramener le mari à la maison puisque la femme le lui avait demandé, et il était prêt à repousser hors de sa route quiconque s'opposerait à cet ordre...

Ils marchaient côte à côte, muets, à pas réguliers, en venant du chemin sur la grand' route, le vieil homme et Aaltonen, mais leurs épaules et leur figure sans expression respiraient l'audace de leurs actes. Des visages étrangers les épiaient, puis vite se retiraient derrière les vitres du village. Enfin la grange apparut et tout près d'elle, deux vieilles femmes qui bavardaient en la regardant.

Lorsqu'elles aperçurent Aaltonen et Hermanni, elles disparurent vivement dans leur maison.

De la grange, s'entendait déjà le braillement des ivrognes. Là-bas, on jouait aux cartes, on chantait et on buvait à la vraie manière des flotteurs de bois. Hermanni s'avança près de la porte basse, jeta un coup d'œil à l'intérieur et dit d'un ton bourru :

« Sors, Alfred. »

Les voix se turent brusquement. Pendant un instant, pas le moindre bruit ne parvint de la grange.

« Allons, file à la maison, Alfred », dit le vieil Hermanni, et Aaltonen crut remarquer dans sa voix presque un désir de provoquer ; quoi qu'il en fût, lui-même, aussi, avait envie de frapper. Ce désir s'était accumulé dans son bras depuis de longs jours et de longues semaines. Par moments, cela lui aurait fait du bien de pouvoir frapper, et durement. Et il lui eût été indifférent maintenant que ce fût n'importe qui, le flotteur ou le fermier adonnés à l'eau-de-vie, ou bien cette espèce de rat qu'une certaine femme appelait son mari.

« Qui diable hurle là ? »

Une face couverte de suie et une chevelure hirsute apparurent à la porte. Les yeux étaient injectés de sang.

Le vieil Hermanni recula d'un sursaut jusqu'auprès d'Aaltonen. Il était inutile d'aller dans la grange si on pouvait se battre en terrain découvert.

« Venez voir, les gars », s'ébaudit le flotteur ivre ; il passa le seuil, les jambes flageolantes et tomba par terre. On entendit le patron qui voulait retenir les autres dans la grange, mais tous les quatre furent vite dehors.

La colère, qui donne des frissons glacés, raidit le corps d'Aaltonen. Cet homme était là, son visage épais, bleuâtre autour des lèvres, les yeux d'une morne stupidité, et les muscles de son visage tremblotant sans cesse. Sans casquette, les pieds nus et malpropres, il n'avait même pas de veste ; une manche de sa chemise était déchirée et ses manchettes étaient noires de crasse, il évoquait la saleté, le vomissement et les lits de la ville pleins de punaises.

« Allons, file, Alfred », dit le vieil Hermanni une fois encore.

Pendant un instant, le sentiment de la contrainte à subir, ancré en lui au cours des années, sembla répondre à cet appel. Le dos de l'homme se courba comme celui d'un chien, la couleur bleuâtre s'éteignit sur son visage qui devint blême. Il avança d'un pas pour répondre à la sommation. Alors l'autre flotteur le frappa au visage et le repoussa en arrière contre le mur.

« Quel poltron du diable tu fais, rien ne presse encore, qu'on règle les comptes d'abord !

— Pourquoi pénétrez-vous de force dans ma grange ? » essaya de dire à Aaltonen le patron au visage rougi par l'eau-de-vie et la confusion. Il connaissait bien Hermanni mais il fit semblant de l'ignorer.

« Nous emmenons seulement cet Alfred à la maison, Ylätalo sait bien ce qui en est », dit Hermanni calmement et il déboutonna sa veste.

« Un homme sait ce qu'il a à faire », dit l'autre flotteur en se carrant, et il fit un pas en avant.

« Oui, parbleu, je sais ce que j'ai à faire, au diable les valets ! » dit Alfred en essayant lui aussi de durcir son visage.

« La patronne regrette donc tant celui qui réchauffe son lit », dit le flotteur qui était sorti le premier, et il éclata de rire.

Alors Aaltonen frappa, d'abord avec le poing gauche dans le creux de la poitrine, vers le diaphragme, et comme le flotteur se recroquevillait, le visage soudain pâli, Aaltonen le frappa droit au bas du menton, si bien que le cou robuste craqua soudain et que l'homme vola contre le mur de la grange et s'écroula par terre, haletant.

Le patron s'esquiva brusquement vers la cour, le long du mur de la grange, en faisant de son mieux pour ne pas courir. Le dénommé Alfred se mit à trembler, mais l'autre flotteur rugit en faisant un saut et dégaina son couteau, la main déjà tendue pour frapper. Hermanni, cependant, sans attendre qu'Aaltonen se fût mis de la partie, avait déjà tiré la matraque cachée sur sa poitrine, et il en frappa la main qui maniait le couteau, si bien que celui-ci roula en tournoyant et que l'ivrogne tomba à genoux. Aaltonen posa le pied sur le couteau et se tint calme, attendant.

En même temps, Alfred se mit tout à coup à gesticuler et poussa un très long cri de fou. Il hurlait de peur, hors de lui, et agitait ses bras de tous côtés. Son corps entier tremblait, de la salive coulait en abondance de sa bouche brûlée et bleuie. Tous se retournèrent pour regarder, et le flotteur lui-même se remit lentement sur ses jambes, il semblait avoir oublié la bagarre et son couteau.

« Qu'est-ce qui lui arrive, maintenant ? » s'étonna-t-il.

« Ferme ta gueule et à la maison », hurla le vieil Hermanni dont le visage s'empourpra soudain. Il avait honte en lui-même de cet être rugissant et hurlant en plein village. Comme le cri ne cessait pas, le vieillard frappa l'homme de sa matraque près des oreilles. Alors ce tas humain, poussant des hurlements de bête, tomba à terre en s'agitant et en ruant, la bouche écumante. Il poussait maintenant sans répit un cri net, strident et déchirant, comme celui d'une femme qui se débat dans les affres de la mort.

« Oh ! nom de D... ! » dit le flotteur abasourdi. Il était maintenant à moitié dégrisé et ce cri bestial et insensé lui portait sur les nerfs.

Le vieil Hermanni mit l'homme sur le ventre et lui tourna derrière le dos ses mains qui gesticulaient furieusement.

« Fourre-lui un morceau d'étoffe dans la bouche, dit-il à Aaltonen, et vous autres, allez chercher un seau d'eau, sans cela les hurlements ne cesseront pas. »

Le flotteur hésita un moment mais il partit ensuite vers le bas de la colline. Aaltonen prit un chiffon noir de suie qui bouchait le trou à fumée de la grange et l'enfonça avec dégoût dans cette gueule ouverte et répugnante. L'homme remua la tête et essaya de mordre Aaltonen.

« Il va étouffer », hésita Aaltonen.

« Arrête alors », dit Hermanni, en tordant tranquillement derrière son dos les bras de l'homme qui se roulait par terre. À ce moment le flotteur revint en portant un baquet qu'il avait pris près du puits. L'autre flotteur qui s'était affaissé près du mur s'assit avec peine puis se remit sur ses jambes, se gratta la tête et remonta dans la grange par le portillon.

Le râle commençait à s'affaiblir. L'homme

qui se débattait sous l'étreinte d'Hermanni était sur le point de perdre connaissance.

Quand le flotteur apportant de l'eau dans un baquet fut arrivé, Hermanni desserra les mains de l'homme, arracha de sa bouche le chiffon couvert de suie, le fit asseoir et jeta le contenu du baquet sur cette face bleuie dont le hurlement s'apaisait et cessa soudain. Il se fit un grand silence. Alors l'homme éleva ses mains d'où l'eau dégouttait et d'un air imbécile essuya sa bouche et son visage.

Le flotteur qu'Aaltonen avait frappé se montra de nouveau et resta assis, les jambes pendantes, sur l'escalier de la grange. Il tenait à la main un flacon d'eau-de-vie à moitié plein, il le montra à Aaltonen et lui dit en se frottant les mains d'un air respectueusement boudeur :

« Viens boire la goutte. C'était un coup de tonnerre de D... »

Aaltonen ne fit que secouer la tête sans le regarder. On ne retrouva ni le veston ni la casquette de l'homme. L'autre flotteur avait déjà mis les souliers dans son sac en disant que le camarade les avait perdus en jouant aux cartes ; à contrecœur, il les abandonna pourtant.

Puis ils partirent le long des maisons du village, le vieil Hermanni, Aaltonen et l'homme sans casquette qui trébuchait. Ils ne regardaient pas autour d'eux et ne disaient rien.

Sur les pommettes grises du vieillard brillaient les taches rouges de la honte, mais il redressait son dos courbé et marchait la tête droite.

Après avoir atteint le chemin de traverse, l'ivrogne tomba assis sur le talus et se mit à gémir et à se plaindre : il ne pouvait plus continuer à marcher, les jambes lui manquaient. Hermanni, en le serrant à la nuque, le remit sur ses pieds et le poussa en avant. L'homme tomba sur la bouche et se blessa au nez. Alors il se mit à pleurer, le long de ses joues enflées roulaient des larmes qui se mêlaient au sang qui coulait de son nez. Aaltonen détourna la tête pendant que le vieil Hermanni frappait l'homme de sa matraque. Enfin l'ivrogne se remit à marcher.

Il n'y avait personne dans la cour quand ils arrivèrent à la ferme. Le vieil Hermanni était essoufflé et haletait péniblement. Il ne conduisit pas l'ivrogne dans la maison, mais il le poussa dans l'étuve. Là, il y avait déjà de l'eau chaude, et du linge propre était préparé sur le banc contre le mur. L'homme put se déshabiller lui-même. Hermanni jeta dans un coin les vêtements souillés d'urine et de vomissures, il le força à s'étendre de tout son long, et il lava ce corps sans vigueur, le raclant avec la brosse de chiendent sans se soucier de ses pleurs et de ses gémissements. Enfin il rinça l'homme à l'eau froide et lui ordonna de s'essuyer lui-même et de mettre les habits propres. Il s'assit pendant ce temps pour reprendre haleine, sur la pierre près de l'étuve. Il respirait péniblement et Aaltonen, en s'asseyant près du vieillard, entendait distinctement le sifflement de ses vieux poumons.

Ils n'avaient pas échangé un seul mot, quand l'homme, sanglotant et tremblant de froid, sortit enfin de l'étuve et partit vers la salle. Tous les deux le suivirent. La femme avait mis le repas sur la table. L'homme s'assit humblement pour manger ; par instants, il sanglotait encore péniblement. Ses mâchoires broyaient son pain, mais sa gorge ne pouvait avaler un seul morceau. La femme, du coin du feu, le regardait sans cesse, les yeux durs comme des pierres bleues. Finalement l'homme cessa ses efforts, il se leva et alla dans sa chambre. La femme le suivit. Aaltonen rencontra son regard, il était mort, sans espoir. Aaltonen sentit que lentement son visage devenait rouge et brûlant et instinctivement il serra les poings. Cela lui faisait mal, les jointures d'une de ses mains étaient écorchées et enflées. Il avait cogné durement, mais maintenant il n'avait plus personne à frapper.

« Il est resté une année à l'hôpital, dit le vieil Hermanni à voix basse, puis ils l'ont laissé sortir, soi-disant guéri. Ils avaient une jolie maison autrefois à la ville, avec piano, chaises recouvertes de soie... et qu'est-ce qu'il n'y avait pas, quand je suis allé là-bas, une fois, du côté de la cuisine. Il ne restait plus rien quand ils sont venus ici. La femme avait apporté beaucoup d'argent en se mariant, elle a eu encore de quoi acheter cette ferme quand les médecins ont dit que la vie à la campagne ferait du bien à Alfred. Mais rien ne guérit jamais plus celui que la ville a perdu, comme tu le vois.

— Il faut qu'il y ait beaucoup de volonté dans une femme pour qu'elle puisse rester avec un être comme celui-là », dit Aaltonen. Les mots montaient épais dans sa gorge et la serraient.

« Elle n'avait jamais trait les vaches de sa vie et ignorait ce qu'était une fourche, ce qu'était un séparateur, quand ils sont venus ici, dit Hermanni à mi-voix. Au début ils ont eu une vachère, mais ça n'a pas marché, comme tu le devines. Depuis elle s'est occupée de la ferme toute seule. C'est une femme dure, même moi qui habite depuis trois ans sous le même toit et qu'elle appelle oncle, je ne devine pas beaucoup de ses pensées. Une autre aurait déjà tout envoyé promener. »

Le crépuscule envahit la pièce. C'était le moment d'aller faire boire le cheval et de mettre l'écurie en ordre pour la nuit. Aaltorien, une fois encore, s'arrêta à la porte, l'ombre recouvrait déjà son visage, quand, hésitant, il dit ces mots, qui pouvaient sembler étranges dans la bouche d'un ouvrier :

« Ils doivent beaucoup s'aimer tous les deux. »

Le vieil homme, de ses yeux pâlis par la vieillesse, regardait devant lui, fatigué par cette journée d'efforts. Il dit avec calme :

« Mon défunt oncle Joose m'a dit un jour que la haine unit les hommes plus fortement et plus étroitement que l'amour. »

Aaltonen était déjà à la porte, il traversa la cour pour se rendre à l'écurie. Le vent s'était calmé. Entre les nuages s'alluma une pâle étoile. L'odeur pesante des labours envahissait le soir en train de s'apaiser.

IV

Alors vinrent ces quelques jours calcinant jusqu'à l'âme, pendant lesquels l'homme couché dans la chambre, brûlé par l'eau-de-vie, jusqu'à n'être plus qu'un charbon, l'homme méchant et malheureux, revenait à la vie en tâtonnant. D'abord, il dormit pendant presque un jour et une nuit, en sursautant dans son sommeil, puis il devint inquiet ; de son lit il regardait fixement devant lui avec des yeux brillants et se rongeait les ongles jusqu'au sang ; il tenait sa main sur son cœur en se plaignant de mourir et, en vêtements de dessous, il s'asseyait sur le bord de son lit. Il avait peur. Peur des murs et de la fenêtre, peur des bruits perceptibles et imperceptibles aux autres.

La femme le soignait ; elle lui apportait à manger, elle s'asseyait même de longs moments près de lui ; apitoyée par ses prières humiliées et ses implorations, elle restait exposée au regard de ce visage épais et tremblotant. L'homme se mettait à frémir et ses genoux s'entrechoquaient, lorsque pour se glisser en cachette, plus près, toujours plus près, il se leva comme pour regarder par la fenêtre ou prendre un livre sur l'étagère. Il se traîna par terre, à genoux, il rampa et mendia. Il commençait à aller mieux, chaque point de sa peau brûlait dans son corps, chacun de ses nerfs tressaillait d'impatience.

Ses lèvres épaisses se tordirent en une grimace, les mots qui mendiaient se changèrent en malédictions, il jura à voix basse, des mots grossiers débordèrent de sa bouche, l'expression de ses yeux devint stupide. C'était son enfer, l'enfer atroce de son désir inassouvi dont il souillait chacun de ceux qui l'approchaient.

La femme ferma la porte et resta debout dans sa chambre à elle, appuyant ses deux mains contre la porte. Elle avait, elle aussi maintenant, des yeux de démente, elle respirait difficilement, puis elle revint dans la salle, des taches rouges embrasaient son visage pâle. Là, derrière la porte fermée à clef, se mouvait la bête hideuse et pantelante. Et cette lutte, elle devait la soutenir seule, elle ne pouvait appeler personne d'autre à son aide, non, personne.

Elle se mouvait dans la pièce, les yeux dilatés et fixes. Elle avait conscience de ses mains.

Ses mains saisissaient les objets, ses mains portaient des seaux pesants, donnaient la nourriture aux porcs, présentaient des brassées de foin aux vaches. Son corps se pliait à ses mouvements ; ses longues jambes vivaient à l'intérieur de ses bottes d'étable malpropres. Son corps était froid et vivant sous ses vêtements grossiers. Elle s'était donné une lourde tâche et elle s'était oubliée dans le travail, un travail pénible où elle avait fatigué son corps et auquel elle n'était pas accoutumée. Elle avait voulu refaire son corps intact. Maintenant, elle savait qu'elle devrait tuer si elle se laissait surprendre une autre fois, si elle se soumettait encore à ce contact qui était pour sa fierté la honte la plus horrible.

Le gazon de la cour reverdissait, le noir étourneau au bec blanc poussait son cri rauque sur les champs. Le bleu pâle du ciel était tiède et calme au-dessus de sa tête et de la vieille ferme, et de la cour perpétuellement foulée de ses pas. Bientôt, l'on conduirait déjà les vaches au pâturage, le long tourment de l'hiver allait finir, et là-bas, au loin, à la lisière des champs, l'inconnu travaillait. Aaltonen était en train de dégager un fossé d'écoulement obstrué. Là-bas, au loin, son dos s'élevait et s'abaissait, suivant la cadence paisible du travail. Il y avait dans les mouvements énergiques et tranquilles de son corps, le rythme calme de la glèbe, le rythme lent de la ronde éternelle du soleil et des jours.

La femme s'arrêta dans la cour, un seau à la main, et regarda longtemps dans la direction du fossé. C'était comme si, à son insu, le mouvement régulier et balancé des coups de pioche avait versé dans son esprit tourmenté une paix jusqu'alors inconnue. Enfin elle alla lentement au puits et remplit son seau. Au-delà de la margelle, le carré calme et sombre de l'eau profonde, ce miroir des sorcières, la regarda. Il redevint vite tranquille et refléta le ciel et son visage. Elle vit dans la profondeur du puits sa propre image sombre contre le ciel. C'était son propre visage qui la regardait du fond de l'obscurité. Pour un instant elle oublia qu'elle existait ; cette surface la dépouillait de ses pensées, de ses expériences, des mots oubliés des livres, de tout. Cette nappe réfléchissante l'absorbait en elle. La femme regarda avec des yeux fixes dans ce sombre miroir des sorcières et une paix infinie coula dans son corps tourmenté, qui souffrait de sa propre souffrance.

Lorsqu'elle releva son visage et regarda perplexe autour d'elle la campagne bien connue et la fenêtre familière de la salle, elle eut envie de pousser un long cri rauque, tout comme l'oiseau impatient sous le couvert du bois, comme le cheval qui, entre ses brancards, regarde la grand'route. Simplement, parce que ce quelque chose d'étrange était disparu et qu'elle devait redevenir elle-même, être ce qu'elle voulait être, ce que dans ses pensées épuisantes, interminables, elle avait choisi pour sa part. Et elle en faisait aussi partie, cette âme tourmentée, qui vivait et respirait, enchaînée à ce corps criminel et brûlant, dans la chambre du fond de la vieille ferme. Elle lui appartenait cette âme, elle l'avait elle-même choisie sciemment. C'était un fardeau qui la ravalait au ras du sol, une chaîne qui s'enfonçait jusqu'aux os, c'était une douleur rongeante qui jamais ne se calmait, une honte que même la mort ne pourrait effacer. C'était à elle, cela lui appartenait sans rémission, sans pitié.

Elle revint dans la salle d'un pas raide, elle alla de là dans l'étable ; son corps s'engourdissait jusqu'à l'inertie, son âme était glacée. Machinalement elle arrangea la litière des vaches, fit tomber de la paille hachée dans les râteliers ; elle ne souffrait plus ni de sa pauvreté, ni de son dénuement, car il n'y avait en cela rien de mal. Lentement ses pensées se glaçaient, lentement s'engourdissait tout ce qu'il y avait en elle de vivant ; cette longue soirée lui était une souffrance. Les regards d'Aaltonen et du vieux fermier qui, de la table, la suivaient à la dérobée, étaient pour elle une honte et une douleur. Et quand l'après-dîner paisible fut passé, quand, à pas fatigués, Hermanni eut traversé le couloir pour regagner sa chambre, et que de son lit étroit elle eut entendu Aaltonen se coucher après avoir éteint la lumière, alors, elle se leva, serrant sa poitrine de ses mains, et elle demeura longtemps, le regard dur, à la fenêtre de sa chambre. La campagne était noire au-dehors, la surface de l'étang luisait, la faucille bleutée de la lune montait impitoyable et tranchante de derrière les rochers. La vieille jument frappait sourdement de ses sabots le sol de l'écurie ; les bruits se taisaient, tous les bruits, et la maison s'enfonçait dans le sommeil, dans le repos, la délivrance. Elle seule attendait.

Elle se tenait là, dans l'ombre, la femme solitaire, n'ayant sur elle qu'une chemise grossière. Le travail de la journée l'avait salie, ses jambes nues étaient souillées, elle serrait de ses mains sa poitrine sans vie. Son corps était encore souple. Au milieu de ses pensées engourdies par son attente amère, elle s'en étonna, tant il lui semblait à elle-même qu'elle était froide et morte.

Alors on gratta à la porte fermée, une voix épaisse et tremblante se mit à chuchoter par-derrière, une voix qui lui avait été chère et qui maintenant tuait lentement tout ce qu'il y avait d'humain et de bon en elle. Cette voix chuchotait en chevrotant, elle soupirait derrière la porte fermée à clef, des mains avides grattaient le bois dur, doucement, en faisant en sorte de ne pas éveiller ceux qui dormaient. Cette voix ne parlait qu'à elle, elle avait troublé son sommeil et elle avait fait de sa journée un cauchemar.

La femme ne soupira même pas, elle ne supplia pas... depuis des années, elle n'avait rien à demander. Sans hésiter, elle prit une clef dans le tiroir de la commode, ouvrit et entra. Dans l'ombre, des mains avides et molles saisirent ses bras. Ils étaient mariés, ils étaient des époux devant Dieu et devant les hommes, un rire tranchant et muet résonna au fond d'elle-même. Finalement la chaleur l'abandonna.

Parfois, dans le passé, elle avait essayé de se tromper elle-même, au moment le plus cuisant de sa honte. Elle avait tiré des promesses de cette bouche haletante, l'assurance d'une vie nouvelle, des serments, dont chacun dénudait un peu de son corps. Dix fois, cent fois même, elle avait voulu croire que tout s'éclaircirait encore et elle avait laissé cet espoir affreux et trompeur paralyser sa volonté. Mais cela même n'existait plus, puisque chaque promesse dévoilait un mensonge, que chaque parole n'était qu'un pas vers le mal, la trahison et la honte. Lorsqu'elle eut enfin réalisé que la volonté et l'effort de son mari étaient pareils à son menton tremblant et à son corps sans muscles, aussi mou que de la gélatine, même alors, elle s'était leurrée et avait voulu croire que les paroles au moins étaient vraies, ces paroles qu'un souffle inégal faisait palpiter dans ses oreilles. Elle avait voulu croire qu'il y avait tout de même de l'amour dans tout cela, un amour prêt à croire, à espérer et à tout pardonner et qui, pour cette raison, pouvait sanctifier dans l'étreinte le repentir et le pardon. Quand elle se leurrait ainsi, elle s'imaginait que sa tendresse offrait à un assoiffé un peu de ciel au milieu de ce monde trompeur et criminel. Mais cela aussi était un mensonge, un mensonge qui, comme la goutte la plus amère, achevait de combler sa déception. L'intention de chaque parole était d'affaiblir sa volonté, chaque parole voulait seulement briser, en la flattant, la résistance de son corps, chaque parole n'affectait une ardeur cruelle que pour amollir son corps et le prêter à l'effusion maladive de cet autre corps brûlé par l'eau-de-vie.

Maintenant elle était sourde et froide, le contact de ces mains tuait ses membres lentement ; il tuait son corps, morceau par morceau, jusqu'à ce qu'elle fût morte tout entière. Elle était étendue sur le lit souillé, les yeux grands ouverts et fixes, inerte. Pas un soupir, pas un sanglot ne révélaient son humiliation. Ce bonheur, elle ne l'accordait plus à cette chair tremblante qui recherchait son corps. Elle était seule maintenant, et rien d'autre n'avait pitié d'elle que l'obscurité.

Pour le prix de son corps supplicié, elle achetait de nouveau pour la ferme quelques jours, quelques semaines de paix apparente et trompeuse. Une fois encore, la bouche faisait des serments, chacune de ses paroles était un mensonge, une promesse misérable et risible à ses oreilles sourdes — non, plus jamais. Peut-être l'homme croyait-il lui-même à ses serments, son esprit était comme de la gélatine, personne ne se fiait plus à lui, bien qu'il eût fallu faire semblant d'y croire comme le disaient les médecins menteurs.

La femme revint dans sa chambre, les genoux tremblants. Elle ne referma pas la porte à clef. Pauvre, ayant tout perdu, elle avait acheté au prix de la plus grande honte un peu de rêve pour son mari malade et malheureux, dans l'enfer de sa vie. Ce rêve durerait, elle le savait, jusqu'à ce que, sous le clair de lune, éclairant par la fenêtre de la chambre le visage du dormeur, éclate un cri affreux, un beuglement d'épouvante animale.

Un malade n'est pas responsable de ses actes. Tout le monde doit être bon pour lui ; on a le devoir de tout sacrifier pour le guérir, c'est ce que disait la civilisation veule des villes et l'éducation qu'elle imprime à l'âme. Le mal, la fausseté, le mensonge et l'irresponsabilité sont des maladies aussi, comme disent les médecins menteurs. Constitution psychopathologique, alcoolisme chronique, ce sont des mots graves, savants, auxquels une femme brisée et qui avait tout perdu, avait cru une fois. Maintenant, elle n'y croyait plus. La bonté ne faisait pas mieux que la méchanceté, et les médicaments abrutissants n'étaient pas plus utiles que la tendresse ou même la dureté.

Les genoux tremblants, elle alla de sa chambre dans la salle. Celui qui y dormait bougea dans son lit, et son souffle tranquille et régulier ne remplissait même pas l'air calme de la salle. Le cœur de la femme se serra, peut-être y avait-il eu encore un nouveau témoin de sa honte mais qu'est-ce que cela pouvait bien faire, rien n'avait plus d'importance, puisqu'une fois encore elle avait brisé les derniers restes de son orgueil, et vidé jusqu'au fond la coupe d'amertume et de haine. Elle sortit de la salle dans l'obscurité miséricordieuse de la nuit, du ciel et de la terre.

De sa tranquillité calme et froide, la nuit de printemps l'entourait. La terre glacée répondait aux pas de ses pieds nus. Au loin, dans le village, un chien aboyait et le croissant sinistre de la lune élevait sa faux macabre au-dessus des rochers et de l'étang noir. C'est ainsi qu'il faisait bon. Après avoir tout perdu, sans espoir pour l'avenir, sans rien qu'elle pût dire sien, la femme se courba vers la terre froide et cacha son visage sous le couvert de l'ombre miséricordieuse. Après un long, long moment, les sources amères de sa déception jaillirent et des sanglots muets, étouffés, frémirent dans l'air calme de la nuit de printemps. La haine même était petite, tous les sentiments humains étaient petits à côté de ces sanglots silencieux, atroces, que la nuit de printemps et la glèbe froide cachaient dans leur sein.

Mais la terre était vaste. La terre s'étendait à l'infini, autour de la cour paisible et au-dessus s'arquait le ciel nocturne, éclairé par les dernières étoiles bleutées et la faucille cruelle de la lune. La terre était vaste, elle faisait sortir le fruit de son sein, son humus éclosait en fleur et elle versait dans la coupe de la vie le chagrin, le désespoir et la déception, la douleur de l'enfantement et le bonheur de la mort sans en devenir pour cela un soupçon plus vide. Mais pour cette femme il y avait une seule chose grâce à laquelle elle pouvait sentir en son âme, au moment le plus amer, un tressaillement de morne reconnaissance : elle n'avait pas d'enfant ; elle y avait contraint son mari, si bien qu'elle n'avait pas besoin d'avoir peur et de s'épouvanter d'avoir à porter en elle ce que ce corps sans muscles, brûlé par l'alcool, aurait appelé à la vie, de le voir grandir, de revoir dans ses yeux le même regard odieux, de reconnaître dans ses traits ces mêmes ténèbres veules, ce mensonge et l'affreuse passion. Sinistre, sinistre, sous la faucille de la lune, était cette force invisible, qui permettait à l'animal même estropié de se perpétuer et qui éclatait en un tremblement fou dans le corps de son mari pourri jusqu'à la moelle.

La femme se releva dans l'obscurité. Le froid brûlait ses pieds nus, sa chemise grossière, devenue humide, glaçait son corps froid. Les sanglots avaient cessé. Elle était comme vide maintenant. Mais de nouveau, au plus profond d'elle-même, sa volonté se bandait comme un arc d'acier d'un bleu ardent. Elle savait maintenant, quelque chose de mystérieux le lui avait murmuré depuis le sol humide du printemps, elle savait maintenant que c'était la dernière fois. Aussi sûrement et aussi fermement qu'elle était certaine d'étrangler sans frémir l'enfant, s'il lui en naissait un de cet homme, elle savait aussi sûrement que la fin de cette existence qui lui avait été donnée en partage, commençait.

Il n'y avait aucune raison pour justifier cette certitude, aucune. Son mari avait auparavant aussi volé et trompé, puis il était revenu à la maison alors qu'aucune autre porte ne lui était plus ouverte. Cette effraction du tiroir de la commode était simplement un fait très petit, un événement sans importance dans la succession des actes qui avaient conduit jusqu'à cette nuit. Elle avait supporté des faits semblables et même pires, des dizaines de fois avant. Des dizaines de fois elle s'était également humiliée et avait sacrifié son corps, cela non plus n'était pas nouveau pour elle, cela non plus n'était pas une raison. Néanmoins elle le savait, tout le lui avait dit : la terre, la faucille de la lune, le vaste ciel de la nuit. Serait-ce du bon ou du mauvais ? Elle tenait ses mains étroitement serrées l'une contre l'autre en montant de ses pas exténués le vieil escalier vermoulu de la maison. Du bon, elle ne pouvait en espérer pour elle-même ; du mauvais, il ne pouvait plus lui en arriver, car le pire, elle croyait l'avoir éprouvé déjà. La main sur la poignée de la porte, elle s'arrêta pour regarder vers le puits. Là-bas, dans l'obscurité se cachait, dans le carré de la margelle, la surface immobile et sombre de l'eau profonde, ce miroir des sorcières où elle s'était regardée pendant le jour, ce miroir des sorcières qui avait enfermé pour l'éternité, dans sa surface, le reflet de son visage.

Lorsque à travers la salle obscure, elle eut regagné sa chambre et refermé la porte derrière elle, Aaltonen se leva très doucement du lit du fond, en évitant tout craquement. Il traversa la pièce sans faire crier le parquet, il s'arrêta près du grand seau à eau, et but de l'eau froide à la louche rouillée. Il but longtemps, avec avidité et à longs traits silencieux. Le sommeil avait fui ses yeux, sa tête brûlait, sa gorge était desséchée à force d'écouter. Chaque son, chaque frémissement, il les avait entendus, sans le vouloir, à travers les portes et les murs. Harassé par le travail de la journée, son corps robuste était étendu sous la couverture, sans faire un mouvement. Maintenant il s'était levé et buvait à longs traits, au seau de bois, dans la louche rouillée, l'eau froide du puits. Il buvait avidement comme s'il avait bu à une fontaine fabuleuse l'eau de l'éternel oubli. Comme un frais et délicieux bonheur, l'eau froide coulait en lui pendant qu'il buvait à traits profonds et silencieux.

Enfin il revint à son lit, faisant encore attention à chaque pas, à chaque craquement. La femme qui reposait dans la chambre ne devait jamais savoir qu'il était éveillé et qu'il avait entendu ce qu'aucun homme ne devrait entendre d'un autre. Il s'enfonça dans son lit comme au fond d'une tombe, au sein de la terre bien-aimée et il s'endormit immédiatement sans plus avoir conscience de lui-même.

La femme veillait dans son lit étroit, ses mains robustes et belles croisées sur sa couverture. Elle avait bien entendu ces pas étouffés. Il n'y avait rien dans cette maison qu'elle n'eût entendu cette nuit-là. Elle avait perçu chaque pas et avait reconnu, à travers le mur et la porte, chaque mouvement de ce corps d'homme maigre et musclé. Cet homme, pendant la nuit, venait de boire longuement au puits ensorcelé. C'était bien ainsi. Elle reposait dans son lit, veillant sans faire un mouvement, les mains croisées sur sa poitrine, et elle respirait lentement, très lentement.

Puis, après une éternité, la froide lumière de l'aurore fit pâlir l'obscurité de la chambre.

V

Dans le ciel les nuages bordés d'argent brillaient, les soucis d'eau se dressaient comme des flammes jaune doré sur le bord du ruisseau et la vieille terre qu'effleuraient les ombres muettes des nuages était pleine de vent et de soleil. La jachère se retournait en tranches brunes et luisantes sous le soc de la charrue que l'usure avait rendu brillant. C'était le moment de planter les pommes de terre et la robuste vieille jument aux muscles épais tirait la charrue et ses veines saillaient sous son poil lisse et blanc.

Les mains aux mancherons, les bottes foulant la terre reposée dont le brun gras égayait les yeux après la terre maigre et épuisée du coteau, il faisait bon. L'ombre des nuages balayait la terre, le vent caressait le front brûlant, les bords argentés des nuages brillaient dans le ciel. Au montant de la barrière, le genévrier bleu-vert rayonnait de lumière comme l'arbre sacré des temps anciens.

De minute en minute une joie grandissante emplissait l'âme d'Aaltonen tandis qu'il creusait le sillon où, derrière lui, la femme laissait tomber de sa corbeille les pommes de terre de semence coupées. Elle le suivait à pas infatigables, se courbant sans cesse, les mains pleines de terre, le vent sur ses cheveux blonds. Ils travaillaient ensemble, il fallait planter les pommes de terre. Le père Hermanni était malade, il n'en pouvait plus. Son visage maigre et osseux était devenu jaune au cours du printemps. Chaque journée de beau temps dévoilait toujours plus impitoyablement sa lassitude extrême. Sa respiration devenait péniblement sifflante, ses vieux poumons le trahissaient, et lui qui avait travaillé toute son existence, ne savait pas se ménager en ces jours de presse où la terre devait être préparée pour les semailles. Sans doute cette terre ne lui appartenait plus, mais néanmoins elle devait être préparée pour fructifier. Il ne connaissait pas de spectacle plus pénible que celui d'un champ non labouré et non ensemencé. Mais un jour, à la tombée du soir, le visage devenu grisâtre, il s'affaissa sur le bord du champ. Et comme Aaltonen arrivait près de lui, il dit en respirant avec peine :

« Il se pourrait que le travail des champs cesse pour moi.

— Vous devriez bien aller chez le médecin », dit Aaltonen, le soir, en voyant avec quelle peine le vieil homme venait à table.

Le père Hermanni ne fit que sourire, d'un sourire las de vieil homme à bout de forces. Qu'avait-il besoin de médecin ? Qu'avait-il besoin de la science de la ville ? Mais ses mains aux veines saillantes tremblaient en tenant le couteau et en coupant le pain en morceaux pour le mettre dans sa bouche.

Pourtant, ce matin-là, il vint de bonne heure dans la salle, il avait revêtu ses habits du dimanche et tenait dans sa main son vieux sac de voyage noirci par le temps, autour duquel, la serrure ne tenant plus, il avait enroulé plusieurs tours de ficelle. La femme lui prépara des provisions et il partit, doucement, sur le chemin, pour aller à la ville. Aaltonen voulut le conduire en voiture à la gare, mais alors le vieil Hermanni s'emporta :

« Tu as besoin du cheval pour planter les pommes de terre dans la jachère. Mes pieds ont fait tant de pas en ce monde qu'ils peuvent bien encore supporter de marcher jusqu'à la gare. »

C'est pourquoi Aaltonen et la femme travaillaient ensemble. L'inquiétude de l'homme qui vivait dans la chambre s'était calmée pour faire place à une hébétude mélancolique. Il n'avait plus envie de travailler, personne d'ailleurs ne l'y obligeait, car une impression déprimante de stérilité venait avec lui dans les champs. Il semblait à Aaltonen que tout ce que cet homme touchait était à l'avance condamné à périr. Cette main flasque et oisive ne convenait que pour détruire, il ne fallait pas qu'elle touchât à la terre, sans quoi la terre en mourrait. Mais plusieurs fois par jour il sortait un moment dans la cour, et s'y promenait, la tête basse, nonchalamment. Il évitait le regard des autres, se rongeait les ongles en marchant et revenait dans sa chambre sans faire attention si la porte était fermée ou non. La femme mélangeait du bicarbonate à la nourriture qu'elle lui apportait. Il ne voulait plus manger avec les autres, il ne voulait voir personne. Avec ce sombre hébétement, un peu de paix était, en apparence, revenu à la ferme et Aaltonen avait complètement chassé l'homme de ses pensées, en cette journée où ils travaillaient ensemble, tous les deux, la femme et lui, dans le champ.

Pour leur déjeuner ils n'avaient pas cette fois de repas cuit, personne n'ayant eu le temps de le préparer. La femme s'était munie de victuailles à manger telles quelles, et quand le soleil fut à son point le plus haut ils allèrent déjeuner à la lisière du bois. Aaltonen détela le cheval, lui donna deux poignées d'avoine qu'il avait raclées au fond du coffre et il le lâcha dans le bois. La femme se passa les mains à l'eau au creux d'une source, les essuya à la mousse et rompit du pain pour Aaltonen. Ses robustes et belles mains rompaient du pain pour lui. Et l'homme regardait ces mains que la terre avait égratignées, que le travail avait gercées, ces belles mains qui rompaient son pain. Son regard était grave et ouvert lorsqu'il se mit à manger et qu'il but, pour arroser son repas, de la cervoise acide dans le gobelet de métal. On gardait pour la laiterie le lait, qui seul rapportait un peu d'argent à cette époque de l'année.

Ils étaient tous les deux et ils travaillaient ensemble face à la terre et se reposaient ensemble pendant la courte sieste du paysan. Une joie tranquille vibrait, exaltante, dans l'esprit d'Aaltonen, une joie comme il n'en avait jamais éprouvé auparavant. Il évitait d'en chercher la cause, il essayait avec soin de ne pas penser, parce qu'en cette journée il sentait la solennité de la vie, après le long labeur de tous les sombres jours de son existence. Cette journée était pour lui sainte et bénie.

Après avoir mangé, il s'étendit de tout son long sur la bruyère, à l'orée du bois, sur la terre que le soleil avait réchauffée et le vent séchée. La femme aussi s'étendit. Un bras passé sous sa tête, elle regardait dans le ciel les nuages aux bords argentés. Le travail avait coloré son visage, ses cheveux mal coiffés avaient un éclat moelleux, on aurait dit qu'il y avait moins de dureté dans ses yeux où il y avait une expression songeuse tandis qu'étendue elle regardait le ciel. Pendant toute la matinée ils ne s'étaient pas parlé en travaillant. En mangeant non plus, ils n'avaient pas eu besoin de paroles. Mais maintenant, au moment du repos, Aaltonen eut envie de dire quelque chose, de s'approcher avec des mots de cette beauté, de cette chose inaccessible, qui telle une allégresse, vibrait dans son âme. Sans regarder la femme, il commença timidement :

« Comment le patron Hermanni pourra-t-il bien se tirer d'affaire, là-bas, à la ville ? »

En général, depuis l'arrivée d'Aaltonen à la ferme, ils ne s'étaient rien dit qui ne fût indispensable au travail. Elle répondit :

« Voilà bientôt deux ans que je ne suis pas allée à la ville », et, regardant fixement le ciel, comme si elle parlait dans l'air, elle ajouta :

« Quand j'étais plus jeune, je croyais que je ne pourrais jamais me plaire à la campagne. »

D'un air las elle passa sa main sur son visage, elle en effaça irrévocablement tout le passé, tout ce qui ne reviendrait jamais.

« Maintenant, marcher dans une rue fatiguerait mes pieds. Les lumières me brûleraient les yeux. La ville est mauvaise, la ville est fausse. Elle rend l'homme vide et inquiet, elle rend l'homme faux. »

Elle se tut et de nouveau regarda les

nuages. Aaltonen dit doucement en parlant avec peine :

« L'usine aussi est mauvaise. Quand on y a fait huit heures de travail et qu'en sortant on regarde ses mains, on se demande si finalement on a fait quelque chose. »

Un instant ils demeurèrent silencieux. La terre était chaude et séchée par le vent qui chassait dans le ciel les nuages argentés. L'odeur des sillons, l'épaisse odeur de la glèbe, montait calme et paisible jusqu'à la lisière du bois. Elle dit :

« Mon père me mit à l'école et m'éleva. C'était un homme sans instruction, mais fort et rusé. Il était boulanger et s'enrichit à la ville par ses propres moyens. Je devais inviter des camarades de classe à la maison. Elles mangeaient les gâteaux de mon père et lui souriaient. Par-derrière, elles le singeaient en se moquant, si bien que j'avais honte à cause de lui. Je lisais beaucoup de livres et j'y croyais. Je devins orgueilleuse, mon père avait même une auto. J'étais sotte, vaniteuse. Je m'habillais avec l'argent de mon père, je faisais des réceptions. Oh !... »

De nouveau elle passa la main sur son visage. Aaltonen regarda cette main qui, sans amertume, effaçait tant de vanité. Il regarda ce bras nu jusqu'au coude, ce corps robuste ployé dans l'attitude du repos, sous son vêtement de travail, ces jambes nues souillées de terre, où, sous la peau écorchée, les veines bleues transparaissaient. Il regarda aussi les chaussures usées. La femme demanda brusquement :

« Êtes-vous resté longtemps à l'usine, Aaltonen ? »

L'homme étendu tressaillit et une sombre rougeur monta à son visage brun. Pourtant, sans se troubler, il rencontra les yeux pensifs et bleus de la femme et dit paisiblement :

« Huit ans. »

Puis il détourna son regard et ajouta, la voix un peu tremblante :

« Et puis, mon nom n'est pas Aaltonen, malgré ce que je vous ai dit. »

Le soleil surgit de derrière un nuage, la femme tout en restant étendue se tourna un peu et elle mit sa main sur ses yeux, comme pour les protéger de l'éclat du ciel. Aaltonen continua très calme et sur le même ton :

« J'ai menti aussi quand j'ai dit que j'étais célibataire. Là-bas, dans l'est de la Finlande, j'ai une femme et un enfant qui aura bientôt sept ans. »

Sa voix était calme et égale, mais il serrait involontairement ses grandes mains durcies, et il regardait au loin vers le champ. La femme, couvrant toujours ses yeux de sa main, continua comme si elle n'avait même pas entendu ce que l'homme avait dit :

« Il avait l'air d'être d'une bonne famille, il

parlait d'affaires importantes, il tutoyait les maîtres d'hôtel des restaurants et m'offrait toujours ce qu'il y avait de meilleur. Avec l'argent de mon père on meubla une jolie maison, il savait très bien jeter de la poudre aux yeux quand on ne le connaissait pas et ses parents, qui jusqu'alors l'avaient maintenu à la surface, étaient contents naturellement. Aucun d'eux ne dit un seul mot me laissant entrevoir quelque chose, bien qu'alors il eût déjà été dans une maison de santé. Il fallait cacher cela, c'est que c'était une honte ! Et moi je n'étais qu'une jeune fille vaniteuse, j'étais orgueilleuse de lui, je riais de ses farces quand il avait bu. Je buvais moi-même aussi, en ce temps-là. Oh !... »

Elle se leva brusquement et commença à rassembler dans le panier les restes du repas. Aaltonen se leva aussi. La main appuyée au tronc rougeâtre d'un pin, il regardait le dos droit de la femme, et ses hanches qui faisaient une jolie courbe sous sa vilaine robe de travail. Une amertume délicieuse emplit sa poitrine tandis qu'il s'imaginait ce que serait cette femme si la raideur de son corps fondait, si elle venait souriante à travers champs, conduisant un enfant, le sien, à travers le vieux champ. C'était une femme robuste, capable de travailler de ses mains et dont les pieds sûrs marchaient hardiment sur le bord du sillon. Aaltonen dit :

« Je n'ai jamais eu d'autre argent que celui que j'ai gagné de mes mains. Pourtant là-bas, à côté de l'usine, j'avais une maison à moi, construite avec l'argent qu'on prête pour bâtir. J'avais même un jardin que je défrichais et que j'arrosais le soir. Et sous le hangar, j'avais un établi et des outils. J'y bricolais le soir. »

Il s'interrompit pour siffler le cheval et le faire sortir du bois. La jument blanche se précipita bruyamment hors du fourré, elle piétinait le sol et baissait les oreilles. Aaltonen l'attrapa par la crinière, et par-derrière le cou du cheval, il dit, s'adressant à la femme qui, en lui tournant le dos, rassemblait les objets dans son panier :

« L'automne dernier, un soir, j'ai pris mon chapeau et je suis parti, j'ai tout laissé sans rien demander à emporter, car je n'en pouvais plus. Je suis parti sans dire adieu, j'ai seulement pris mon chapeau au clou. »

Puis il conduisit le cheval dans le champ et l'attela de nouveau à la charrue. La femme remplit au sac sa corbeille de semence et le suivit. Tout l'après-midi ils marchèrent ainsi l'un derrière l'autre ; Aaltonen en avant, ouvrait avec sa charrue la terre reposée et gazonnée, la femme marchait sur ses traces, laissant tomber la semence dans le sillon au bout duquel elle s'arrêtait chaque fois pour redresser son dos endolori, pendant qu'Aaltonen labourait pour recouvrir le sillon ensemencé. La jachère était longue. Ce fut seulement quand le soir se mit à rougir et que l'ombre du cheval avançant avec peine commença à s'allonger, qu'ils eurent terminé leur travail. Ils revinrent silencieusement à la ferme, la femme marchait devant, portant son panier et ses sacs vides sur le bras, l'homme la suivait à pas lourds, conduisant le cheval blanc.

Le lendemain, Hermanni revint de la ville. Le vieil homme avançait à pas lents le long du chemin. Il tenait à la main le vieux sac de voyage usagé, fermé avec une ficelle ; son visage accablé de fatigue était d'un jaune grisâtre. En entrant dans la salle, il souhaita le bonjour, transmit les salutations de la ville, puis il alla directement dans sa chambre pour se coucher. Quand Aaltonen, le soir, rentra dans la salle, le vieillard était pourtant assis à sa place habituelle, près du montant de la fenêtre ; de là, il lui tendit une petite galette de froment.

« Un cadeau de la ville », dit-il, un sourire ranimant soudain son visage de malade.

Aaltonen prit le gâteau et remercia. Il se sentit ému. Il y avait bien vingt ans déjà que personne n'avait pensé à lui rapporter un souvenir, si petit fût-il. Hermanni était près de ses sous, Aaltonen le savait, aussi son cadeau n'en avait-il que plus de valeur. En tenant gauchement sa galette dans sa main Aaltonen demanda :

« Le médecin, est-ce qu'il a dit quelque chose ?

— Bien sûr, il m'a ordonné de me déshabiller, m'a palpé, ausculté, tantôt il me disait de respirer profondément, tantôt de retenir mon souffle. Puis il m'a dit que c'est de l'angine de poitrine, de l'asthme. " Vraiment, il n'est pas besoin des livres du docteur, je le sais bien moi-même ", ai-je dit. " Le cœur bat faiblement ", a-t-il dit ensuite. " Je le pense bien, ai-je répondu, comme il a battu depuis soixante-huit ans bientôt, il se fatigue d'un rien. " " Crachez là ", m'a-t-il dit après, et il m'a apporté un petit pot grand comme ça, j'y ai craché autant que j'ai pu pour lui être agréable. Alors il a commencé à vouloir me mettre à l'hôpital. Il m'a demandé si j'avais de l'argent. Ils bâtissent là-bas, à la ville, des hôpitaux très chers, il faut bien y avoir des gens qui payent. " Halte-là, maintenant, ai-je dit alors, je veux mourir où j'ai vécu. " Alors il a écrit des remèdes, des remèdes rudement chers. D'abord je n'avais pas envie de les acheter quand j'en ai entendu le prix, mais ensuite, j'ai pensé que je le ferais quand même pour leur faire plaisir ici. »

On aurait dit qu'Hermanni s'était libéré d'un poids oppressant en revenant à la maison, à la ferme familière. Ce soulagement, il le répandait maintenant en paroles, oubliant son mutisme habituel. De chauds frissons traversaient l'esprit d'Aaltonen tandis qu'il était assis sur le banc du fond, tenant gauchement dans son poing la galette de froment.

« Avez-vous trouvé le médecin facilement ? » demanda-t-il.

« Oui, de la gare je suis allé d'abord chez des parents demander un gîte pour la nuit. Là ils m'ont donné l'adresse d'un docteur. En demandant, j'ai trouvé la maison. Mais quand j'ai eu sonné à la porte, une servante hautaine m'a dit que ce n'était que dans deux heures qu'on pourrait rencontrer le médecin. Je me suis dit que j'avais bien le temps d'attendre. Je me suis assis là, sur l'escalier, et j'ai mangé mes provisions. La deuxième heure que j'étais là d'autres gens ont commencé à sonner à la porte. La bonne les a fait entrer, puis elle est venue me dire à moi aussi que je pouvais venir. Là, j'ai attendu mon tour et j'ai fini mes provisions quand j'ai eu faim. Oui, ça a très bien marché.

— A-t-il écrit de bons remèdes ? » demanda Aaltonen.

« Ils sont chers, chers, mais ça doit être de puissants ingrédients, bien sûr. Ça me bourdonnait dans la tête quand pour les essayer je m'en suis versé une tasse à café. J'en ai eu la respiration complètement coupée. » Hermanni sourit d'un air rusé.

« Peut-être aurait-il fallu en prendre moins », jugea Aaltonen.

« Oui, ils m'ont bien dit de n'en prendre que par cuillerées, mais j'ai pensé d'abord essayer, pour voir si ça avait de la force. C'est un bon remède qu'il m'a écrit, mes jambes me semblent tout à fait légères. »

La salle paraissait nouvelle à Aaltonen. On aurait dit qu'il y était entré de la vie et une étrange chaleur. On n'avait pas encore besoin d'allumer la lampe, le crépuscule des nuits claires suffisait comme lumière, jusqu'au moment du coucher. Le calme crépuscule les unissait plus étroitement tous les trois. L'homme hébété, couché dans la chambre du fond, ne les dérangeait plus, il ne semblait plus exister que quelque part, sur les confins de l'esprit, comme un léger frisson de vie mauvaise.

Silencieux, Aaltonen écoutait, après le repas du soir, Hermanni parler de son soulagement, pendant que la femme lavait la vaisselle à côté de l'âtre. Le remède actif vivifiait le corps affaibli du vieil homme qui se ranimait en évoquant le passé. Ou peut-être déjà avait-il conscience, instinctivement, de sa propre faiblesse et sentant son temps lui échapper pas à pas, il se plaisait à faire le tour de ses souvenirs depuis le début de sa vie.

« Tu le croiras ou tu ne le croiras pas », racontait-il en baissant la voix et en jetant un coup d'œil vers le foyer, « quand j'étais jeune homme j'allais en courant jusqu'à l'autre paroisse, au bal du village. J'étais, paraît-il, un fameux danseur dans mon temps et mes jambes n'étaient pas lourdes alors. Une fois, je me suis acheté des caoutchoucs pour être plus pimpant que les autres. Je les ai portés à la main dans le raccourci, à travers le marais, pour ne pas les salir, je ne les ai mis à mes pieds qu'au bal et on les a admirés, oui ! »

Aaltonen sourit un peu. Il y avait longtemps qu'il n'avait pas souri avec tant d'abandon. Mais en même temps un frisson mélancolique, le regret de tout ce qui était passé sans retour, se glissa dans le crépuscule gris de la salle.

« Eh, oui », racontait le vieil Hermanni, d'une voix qui s'affaiblissait et en faisant des pauses de plus en plus longues entre chaque mot, « oui, j'ai sauté, moi aussi, au temps de ma jeunesse, et pour moi les sauts seront bientôt finis. Le seul ennui serait qu'il m'arrive de rester longtemps couché et d'être à charge aux autres. Je ne crains pas la terre et quant à l'au-delà, il y a cette nouvelle mode qu'il n'existe pas d'enfer, s'il n'y a pas non plus le ciel de l'ancien temps tel que me l'enseignait ma mère. C'est pourquoi, depuis bien des années, je ne me suis pas soucié d'aller à l'église, mais maintenant, il se peut bien que j'y aille, quand viendra le dimanche de Communion. Car le pain et le vin, ils ne les ont pas changés, et j'ai promis à ma défunte mère que je m'approcherais de la Sainte Cène, si j'en avais le temps, quand je sentirais venir la mort.

— Ne parlez pas encore de mourir, maître Hermanni », dit Aaltonen, bien qu'il sentît vraiment que ses paroles sonnaient faux.

Pourquoi d'ailleurs ne pourrait-on pas parler de sa mort si cela vous soulage ? Mais à eux trois qui se trouvaient dans cette salle, il ne convenait pas de mentir pour écarter et cacher ce grand mot. Cela n'allait qu'aux gens qui vivaient en groupe et qui se soutenaient les uns les autres. Pour de tels gens, cacher et repousser la mort par des mots trompeurs est une bonne coutume. Mais pour eux trois les habitudes des gens n'étaient devenues que des enveloppes vides. Pour eux, comme pour Aaltonen, les habitudes des gens n'avaient plus aucun sens.

Dans la salle qui s'obscurcissait, Aaltonen, la galette dans sa main, se mit à penser au jour de sa propre mort. Il avait dit lui-même et spontanément qu'il s'était détaché de tout le passé, qu'il avait pris son chapeau et qu'il était parti sur le chemin d'automne, tandis que les cheminées de l'usine brillaient, noires, dans le soir rouge sang. À un retour, il n'avait même pas pensé. Tout était irrévocablement fini. Oui, cela s'était passé comme il l'avait dit, il n'en pouvait plus. Et il savait aussi qu'au jour de sa mort il serait seul.

Depuis son enfance il avait toujours été taciturne, replié sur lui-même, et les autres le taquinaient à cause de son air maussade. Il aurait pu se lier à quelqu'un d'une amitié durable, qui aurait été plus que cette sympathie passagère qu'un homme éprouve pour un autre. En proie à une frayeur naturelle, il sentait maintenant son propre corps vigoureux, ses muscles robustes et fermes, son cœur solide et ses poumons sans tare. Ils lui garantissaient, selon toute raison humaine, une longue vie, et peut-être aussi à la fin, dans sa lutte involontaire contre l'anéantissement, une mort lente. Les semaines passeraient, les mois se changeraient en années, de bons jours viendraient, il en viendrait de mauvais ; les images et les souvenirs du passé s'estomperaient dans l'esprit, c'était une longue route, une longue route solitaire, et lui, assis là, sur le banc paisible de cette salle, ne voyait pour lui aucun espoir dans l'avenir, il ne pouvait imaginer rien de meilleur, rien de plus que ce qu'il avait maintenant.

Et tressaillant au plus profond de lui-même, l'esprit troublé, il comprit soudain qu'il se sentait bien, que juste à cet instant il était heureux, plus calmement et plus limpidement heureux que jamais, à ce moment même où dans la salle qui s'assombrissait, la femme s'écartait du foyer, son visage nu luisant d'un éclat pâle tourné vers lui, et le bleu dur de ses yeux adouci par le crépuscule, à ce moment même où assis sur le banc près de la fenêtre, le vieux malade, penché en avant, les coudes sur ses genoux, parlait d'une voix faiblissante de la mort et de la Sainte Cène.

Elle était donc si pauvre la vie de l'homme, il demandait donc si peu pour son bonheur le plus éclatant : une salle qui s'assombrissait, les pas familiers d'une inconnue près de l'âtre, la pâle amitié d'un vieillard enfoncé dans le crépuscule de la mort. C'était ce peu, cette petite chose qu'il demandait de posséder tandis que l'esprit ébranlé il découvrait que le menu bonheur de l'homme existait et demeurait auprès de lui, ce jour, jusqu'au soir.

Désemparé, ses lèvres balbutièrent dans l'ombre du crépuscule des mots, une prière, pour que ce peu de chose ne lui fût pas enlevé. Il savait déjà la vie si avare, que le bonheur apporte à côté de lui, comme une ombre, la crainte de l'avenir. Chèrement, trop chèrement, il avait dû payer jusqu'alors chaque rare moment paisible de sa vie. Et vraiment, pour celui-ci il était prêt à donner le prix qui en était exigé, aussi il baissait humblement la tête. Mais de ses lèvres balbutiantes il priait, seulement pour que ce peu de bonheur ne lui fût pas enlevé comme tant d'autres auxquels il avait cru, aspiré et rêvé.

VI

Ainsi sur la terre paisible, la merveille de l'été succéda au printemps. Dans les champs, le blé en herbe montait en tiges claires. À la tombée du soir les clochettes du bétail tintaient à la barrière du bois, près du genévrier. L'étable vide était passée à la chaux pour l'été et la salle devenait étroite et chaude pour y coucher.

Aaltonen alla dormir dans le magasin ; il y transporta son sac avec ses quelques objets personnels. Souvent il s'asseyait sur l'escalier du magasin et regardait l'herbe de la cour, le village lointain et le ciel immense, puis il s'assoupissait dans la délicieuse et familière odeur de la toile propre, dans le crissement de la paille sous le drap rugueux.

Le vieil Hermanni souffrait seul, sans se plaindre, sans se perdre en vains mots pour parler de lui-même. Le manque de respiration l'interrompait dans son travail, quand, parfois, il essayait quelque légère besogne. Son corps vieilli, sur le point de disparaître, lui était devenu un être étranger, haïssable. Honteux et étonné, il comprenait que son corps, cet humble serviteur d'autrefois, auquel il prêtait à peine attention, l'empêchait désormais de porter un seau d'eau, de soulever une brassée de bois légère, et l'obligeait déjà, lorsqu'il se promenait simplement, à s'arrêter plusieurs fois pour reprendre son souffle. Cette constatation soulevait encore dans son âme une haine impuissante et faisait monter sur son front gris-jaune de vieillard une vague ondoyante de sang. Mais à quoi bon se révolter ? Il se soumettait et se résignait. Il s'asseyait quelquefois sur le bord du champ, effleurant un brin d'herbe de ses vieilles mains, palpant quelque clochette bleutée ou quelque renoncule à feuilles jaunes. Il s'asseyait aussi pour suivre du regard Aaltonen qui travaillait et lui dire de temps en temps un mot sans signification et recevoir une réponse, pour sentir qu'un autre être, un homme, un semblable, était près de lui et lui donnait de la force par sa présence.

Assis sur l'escalier de la salle il regardait le jour d'été ; de l'ombre, mélancoliquement, il regardait dans la lumière, en fixant une poignée à la faux, ou en taillant les dents d'un râteau. Il observait avec attention, de ses yeux pâlis par la vieillesse, Aaltonen qui travaillait, le dos nu, la peau lisse brunie par le soleil. Ses muscles robustes saillaient harmonieusement sous la peau brune et son buste s'amincissait avec grâce des épaules à la ceinture. Aaltonen était un homme vigoureux, énergique, un homme dans la force de l'âge, c'était justement dans ces années qu'il était plein de vie, et en secret, sans peut-être s'en rendre compte lui-même, le vieux malade, en regardant et en approchant Aaltonen, aspirait un peu de la vie surabondante que ce dernier pouvait donner. L'oppression de sa poitrine se calmait peu à peu, ses yeux devenus gris s'éclairaient, ses jambes semblaient légères quand la force de cet autre homme coulait en lui, invisible.

Il aimait aussi s'attarder près des vaches au moment de la traite du lait ; il leur caressait l'échine et regardait la femme qui les trayait. Son instinct, plus grand que sa connaissance, le conduisait près de tout ce qui était chaud, vivant et fort. Peut-être que si les temps eussent été autres et qu'il eût été le vieux maître riche d'une grande ferme, il eût engagé une jeune et solide femme pour dormir à son côté et réchauffer, pendant la nuit, son corps qui se refroidissait, et il aurait vécu longtemps encore, à l'étonnement de tous. Il avait toujours vécu près de la terre et n'aurait trouvé ni mal ni répréhensible d'imaginer une telle chose. Mais il n'espérait plus une longue vie pour lui. Son temps était fini. Il désirait seulement voir encore, de ses yeux qui se fermaient, cet été, jusqu'au moment splendide de la moisson. Parfois, l'amertume dans l'âme, il pensait à la mort. La mort lui était douce et cette terre qui devait l'enfermer dans son sein était une terre aimée. Et si quelque chose lui semblait amer, c'était plutôt la vie, avec ses souvenirs, ses chagrins, ses déceptions et ses expériences dures et pénibles qui repassaient dans sa mémoire comme un courant tranquille, pendant qu'il était assis paisiblement sur l'escalier de la vieille maison. Non, la mort ne venait pas chez lui en hôte mauvais.

De son côté, Aaltonen aussi regardait souvent Hermanni à la dérobée et avec compassion pendant que s'écoulaient ces journées dorées de la belle saison, que les nuits devenaient blanches et que les oiseaux chantaient leurs notes grêles sur les blés clairs. Il voyait ce long corps maigre s'amenuiser et se creuser. Les vêtements devenaient trop larges, le nez s'allongeait et s'amincissait, le visage devenait jaune, comme des os, et les moustaches grises pendaient sans vie au-dessus de la bouche mince et décolorée. Dans les traits du vieil homme la mort s'était installée, tranquille, familière, sans éveiller la peur. Pourtant son corps à lui la repoussait, se sentant vivre doublement et avec force sous l'immense voûte du ciel. Il tendait sa grande main durcie pour saisir la vie lorsqu'il arrachait l'herbe du talus pour essuyer la glaise attachée à ses bottes. Sa main se tendait vers la vie aussi quand, à la nuit tombante, il se penchait à côté du foyer au-dessus de la femme pour saisir l'affiloir sur le linteau de la cheminée. Gravement, les yeux calmes, ils se regardaient, elle et lui, et la mort s'avançait près d'eux comme une amie paisible après avoir mis son emprise sur le corps osseux et fatigué du fermier Hermanni.

Cet homme à la fois étranger et pourtant si connu, la femme le regardait dans les yeux, calmement et gravement, sans détourner son regard. Sa présence était une protection, il était beau de voir avec quelle assurance et quelles précautions ses grandes mains saisissaient les objets. Le manche de la hache se livrait à sa main avec confiance, la jument posait sans résistance son sabot sur ses genoux bien qu'elle couchât furieusement ses oreilles pendant qu'il lui rognait la corne de ses sabots et qu'il mettait un nouveau fer en place. D'où venait l'habileté et la sûreté étonnante de cet homme ?

La femme essaya de se le représenter à la ville, de le placer parmi cette troupe d'hommes robustes et gris forant les rochers sur le terrain à bâtir, au milieu des murs de pierre, ou bien parmi ceux, qui, en groupe compact, remplissent les plates-formes des tramways à la fin de la journée de travail ; ou bien elle essayait de s'imaginer cet homme en train de travailler de ses mains à l'usine, dans le grondement uniforme des machines, au milieu d'un rayon de soleil pénétrant par les fenêtres poussiéreuses dans le vaste atelier, jusqu'au moment où la sirène jette son cri enroué et où, en file serrée, des centaines d'ouvriers sortent par la grande porte sur les chemins sans joie bordant à perte de vue les mêmes petites maisons entourées des mêmes arbres et des mêmes jardins. Peut-être cet homme était-il à sa place là aussi, peut-être s'occupait-il avec autant de sûreté et de calme des machines compliquées et ouvrait-il, au milieu des pins, la porte de bois de sa maisonnette bien tenue où il attendait que la sirène de l'usine mugisse encore. Mais, instinctivement, la femme comprenait que là-bas, quelque part, cet homme ne signifiait rien ; rien pour lui-même, rien pour les autres non plus. Là-bas, il n'était qu'un parmi cent autres, au même visage, aux mêmes mains, au même regard, aux mêmes espoirs concernant la paye, la maison et le pain. Là-bas, il mourait jour après jour. Ici il était libre, il était celui qui soignait la terre, l'homme indispensable, sans qui le blé ne pousserait pas, le champ resterait inculte et le lait tournerait dans les bidons. Ici aucun autre ne lui ressemblait, aucun autre ne l'égalait. Lorsqu'il était parti de là-bas, en un jour, le vide s'était bien vite refermé derrière lui. S'il s'en allait d'ici, il ne pourrait venir personne d'autre, personne comme lui.

Alors la femme tressaillit au plus profond d'elle-même et serra les poings. La pensée que cet homme pourrait sortir de sa vie était effrayante et dangereuse, car elle lui dévoilait à l'improviste une chose à laquelle elle ne voulait pas songer, qu'elle ne désirait pas savoir, mais qui parfois, comme un sentiment fort et brûlant, bouillonnait en elle. Si cet homme, un jour, prenait son sac dans le magasin, enlevait sa casquette du clou et partait, il laisserait derrière lui un vide, un vide plus cuisant que jamais. Pourtant, ce n'était qu'un ouvrier, un domestique dont les bottes étaient trouées, qui mangeait avec son couteau et ne se servait pas toujours de mouchoir, un domestique dont elle lavait la chemise sale, chaque lundi, sur le bord du ruisseau, pour enlever la sueur de ce corps robuste. Elle, elle était de la ville pourtant, elle s'était assise à des tables d'apparat, sous des lustres de cristal, les épaules nues, elle avait lu des livres, passé des examens et elle savait beaucoup de noms et de choses que sous la grande voûte de la bibliothèque elle avait cru d'une grande et sérieuse importance. Elle avait aussi donné son corps à cet homme faible qui l'avait troublée, elle s'était imaginé qu'elle était satisfaite et pourtant son corps n'était qu'un vase où la vie n'avait jamais coulé. Elle avait contemplé aussi les rues, les lignes rigides des maisons de pierre contre le ciel, les yeux de feu des autos dans les rues lisses et les couleurs vulgaires des réclames lumineuses sur les murs, elle s'imaginait que tout cela était quelque chose de beau, de grand et de passionnant parce qu'on le lui avait dit et qu'elle l'avait lu. Mais que signifiait tout cela, puisqu'elle savait maintenant qu'un vide brûlant coulerait en elle si cet homme partait, cet homme grave et taciturne qui travaillait dans sa ferme, le dos brun et nu, et qui la regardait le soir de ses yeux calmes et apaisants. Que pouvait signifier pour elle tout ce que les autres avaient dit, ce que les autres avaient pensé dans ce monde nouveau et lointain où chaque mot, chaque contact était mensonge, où les corps étaient faibles et où la parole vive et la pensée brillante comptaient plus qu'une constitution saine et des mains solides d'homme ? Elle avait découvert cela, elle avait acquis pour elle-même que tout ce qui provenait de ce monde n'était plus à ses yeux que vanité et mensonge. Ce qui lui importait maintenant, c'était ce qu'elle-même sentait lui appartenir, ce qu'elle savait, d'une connaissance cachée et sûre, être sien. Et cette connaissance comptait plus que les années écoulées en vain, plus que la vanité, les fautes et la honte même de ces années, alors qu'après la traite du lait elle se penchait pour laver ses mains au bord du ruisseau, que la clochette de la vache tintait sur la colline sous le couvert du bois et que l'eau sombre du ruisseau touchait ses mains chaudes et écorchées. C'était une claire matinée, et pour la première fois un sourire, comme une fleur délicate, venait d'éclore sur son visage, bien que pendant des années elle avait cru qu'elle ne pourrait jamais plus sourire. Maintenant le sourire éclatait soudain en elle, sans motif, par cette claire matinée. Elle sentait son corps sourire, ses bras étaient robustes et ils vivaient et souriaient ; son corps se ployait vivant, il était chaud et souriait sous l'étoffe tachée de la robe de travail. Chaud et béni, le sourire jaillissait d'elle dans le clair matin, jusqu'à ce que ses yeux fussent aveuglés de larmes et que quelque chose en elle s'entrouvrît à la lumière, à la clarté de la belle saison après le long hiver de la vie. Elle, suppliciée, outragée, elle s'épanouissait pour une résurrection. Sa rigidité nerveuse et maladive se dissipait, son dur orgueil, son défi et son amertume se fondaient pendant que l'eau sombre et miroitante du ruisseau bouillonnait continuellement autour de ses mains.

Ses yeux étaient aveuglés de larmes, ses yeux durs et hardis qui, parfois, avaient pleuré d'une déception plus amère que la mort même, et qui, après, n'avaient plus versé de larmes pendant de longues années.

Confuse, le visage rouge, elle s'essuya les mains au devant de sa robe, puis les yeux, bien vite, du revers de sa manche salie. Délicieuses et cuisantes, ses larmes tombaient, brûlant ses mains écorchées et fiévreuses. De nouveau, elle essuya rapidement ses yeux et instinctivement jeta un regard autour d'elle, seulement pour s'assurer que personne ne la voyait. Elle se serait plus volontiers mise nue devant un regard étranger que de laisser quelqu'un voir ses larmes et son sourire.

Pendant un long moment elle n'osa pas aller dans la salle. Elle s'attarda dans l'étuve, elle frotta entre ses mains une ramille résineuse. Elle alla ensuite à pas lents près de la porcherie et s'arrêta pour regarder les deux cochons affamés qui, en grognant et en criant, se dressaient contre la clôture et piétinaient impatiemment la boue argileuse. Ils grognaient et criaient et dans leur hâte ouvraient leurs groins en se précipitant contre la barrière, et ils la regardaient de leurs petits yeux bordés de cils blancs. Elle appuya ses coudes sur la clôture, contempla leur détresse et leur faim, elle y éprouvait une satisfaction cruelle qui la faisait frissonner, et un sourire mystérieux brilla sur son visage. Enfin elle alla dans la salle qui était déserte et elle prépara la nourriture des porcs en écrasant dans la pâtée les pommes de terre bouillies, qui attendaient là, froides, dans la marmite. Elle en écrasa beaucoup, bien qu'il en restât peu et qu'elles eussent été tirées de la fosse, mélangées à la terre, elle porta aux cochons un plein seau de nourriture. Elle pénétra dans l'enclos en les repoussant à robustes coups de genou et elle versa la pâtée dans l'auge en disant à haute voix :

« Voici pour vous. »

Puis, elle ne jeta plus un seul regard sur les porcs gloutons qui dévoraient avec béatitude, elle prit le seau vide, le lança contre le mur de l'étable et monta au grenier voir si les poules n'y avaient pas pondu. Les poules allaient librement dans la cour et cachaient souvent leurs nids. On n'avait laissé dans ce grenier qu'un peu de paille d'avoine. Le soleil du matin, passant par les fentes du mur et à travers les intervalles des branches, brillait en raies claires dans ce lieu obscur. Elle ne vit pas de poules. Elle se jeta à genoux sur la paille d'avoine et appuya étroitement sa poitrine contre la grosse poutre du toit. Par une fente, elle voyait la cour, la maison et le vieux pommier moussu d'où tombaient les dernières fleurs rouges. Et maintenant, l'homme qui s'appelait Aaltonen, bien que ce ne fût pas son vrai nom, venait de la grange, le dos nu, portant des harnais sur l'épaule, il venait très droit et c'était beau de le voir marcher du pas tranquille du paysan, ses bras et sa robuste poitrine brunis par le soleil, ce valet qui, quelque part, au loin, avait travaillé huit ans à l'usine, et qui avait là-bas une femme et même un enfant, cet homme qui, peut-être, était un rebut aux yeux du monde.

La femme le regarda, elle ne regardait que lui au milieu de ce clair paysage d'été, de sa cachette, dans le grenier au-dessus de l'étable, à travers les planches.

Elle appuyait étroitement sa poitrine contre la grosse poutre du toit, et la rougeur inondait son visage. Mais cela n'avait pas d'importance, personne ne la voyait alors et elle se souriait à elle-même dans la pénombre, le visage empourpré, le corps amolli et plein d'une faiblesse délicieuse après les années de dur orgueil et de mort.

Après de longs instants, elle revint dans la salle et se mit à balayer le parquet avec un balai de feuilles. L'homme qui habitait la chambre, Alfred, son mari, vint à la porte, le visage fripé de sommeil, les cheveux non peignés. Il soutenait son caleçon d'une main et demanda son café d'un air obséquieux. Il tenait son autre main à la bouche et se rongeait les nœuds des doigts. La femme balayait sans le regarder et n'interrompit pas son travail. L'homme s'approcha du foyer à pas incertains et mous et versa du café froid de la cafetière dans une tasse. Après l'avoir bu, il regarda longtemps, d'un air hébété, la femme qui balayait le parquet. Puis son menton se mit à trembler, il serra son caleçon plus étroitement, alla près de sa femme et voulut la toucher.

« Ne me touche pas ! » dit-elle, à voix basse, en se redressant et en se tournant vers lui. L'homme sursauta, il n'avait jamais entendu cette voix. Une expression hésitante monta à son visage flasque, et il regarda la femme de ses yeux gris et mauvais. Puis il revint nonchalamment dans sa chambre.

« Ah ! quel enfer que cette vie ! » jurait-il tout bas en bégayant, « quel enfer, quel enfer, quel enfer ! » ressassait-il d'un ton monotone, éprouvant dans sa tête une sensation agréable d'étourdissement.

Il n'était pas ces temps-ci comme il l'aurait voulu et cela l'irritait. Il aurait voulu qu'on le commandât, qu'on lui dît des mots durs et aigres qui lui causaient la lâche jouissance de ceux qui se torturent eux-mêmes. Il pouvait alors sentir vivement combien on le comprenait mal et combien sa vie était gâchée. Personne ne lui avait donné l'occasion véritable de faire quelque chose ; il était seul, malheureux et malade et personne ne le plaignait.

La nuit, on l'enfermait dans un cabanon, comme une bête. Il était las de se promener dans le bois et de lancer des pierres aux écureuils et aux oiseaux. Il n'osait même plus piquer les cochons avec sa canne depuis que le vieil Hermanni, l'ayant vu un jour, lui avait donné sur le dos un coup de bâton de genévrier. Il était très poltron, il se trouvait mal en voyant le sang et, une fois, il y avait longtemps, il s'était évanoui quand le médecin lui avait fait une piqûre à la cuisse.

Des années, des années s'étaient écoulées sans que lui fût donnée la plus petite occasion loyale de faire quelque chose. Car un défricheur de terre, il ne le deviendrait jamais, c'était trop vil pour lui. Si seulement il avait eu deux cents hectares et un avoir suffisant pour débuter ! Paresseusement, il se mit en lui-même à faire le plan de ce qu'il ferait alors, mais il s'en lassa au beau milieu, s'étendit sur son lit et se mit à regarder des dessins lestes fixés au mur près de son oreiller. Son imagination se mit peu à peu à s'occuper d'expériences où les filles se mêlaient au vin, à l'argent. De la salive moussait au coin de sa bouche et coulait le long de son menton, mais il n'y prenait pas garde. Sa femme avait gâché sa vie, juste au moment où elle commençait. Cette femme dure, froide, sans amour, qui avec des paroles méchantes gâtait ses meilleurs moments en lui tendant des pièges sur sa route et en épiant chacun de ses pas ! Il lui aurait fallu une autre épouse qui aurait été capable d'encourager son mari, de lui donner de l'enthousiasme, qui l'aurait soutenu dans les jours d'épreuve et qui aurait offert sa sympathie de bonne grâce toujours. Souvent, dans ses songes, le jour, il ligotait sa femme, lui mettait les mains derrière le dos et lui faisait violence. Ses imaginations le dédommageaient de ce qu'il ne pouvait faire dans la réalité. Mais sa femme était plus forte que lui et il craignait la douleur ; cependant, il trouvait une compensation dans ses rêves et son corps sans muscles, bouffi par l'inaction, tressaillait dans son lit malpropre.

Néanmoins tout ceci avait quelque chose de factice et de déprimant. La vie de l'homme est aussi petite que sa méchanceté et sa laideur. Il n'y a rien de laid sur la terre quand le blé en herbe verdoie sous le vieux ciel. Dans les bois, les aiguilles des pins brillaient claires, et la mousse, près de la source, luisait agréablement. Les nécrophores diligents, répondant à un appel invisible, enfouissaient sous la terre la taupe, douce comme la soie, morte dans le fossé du champ ; sa chair putréfiée devenait la molle nourriture des vers, et son poil fin comme la soie se décomposait dans la terre pour se fondre en elle. Les jours succédaient aux jours. Après le sombre hiver et l'âpre printemps, la terre était pleine de la beauté de la belle saison et la semaine de travail terminée, la soirée du samedi était douce aux membres fatigués. Il faisait bon dormir dans la fraîcheur du magasin, le corps propre et la sensation des feuilles sèches de bouleau encore sur la peau.

De bonne heure, le dimanche matin, le père Hermanni emprunta le cheval et partit en voiture pour l'église. Il s'en allait à jeun, car il ne fallait pas avoir mangé avant la Communion. Il ne dit pas grand'chose, seulement ce qui était indispensable, pendant qu'Aaltonen l'aidait à atteler le cheval. Mais Aaltonen sentait que l'âme du vieillard était pleine d'un recueillement ardent et d'un sentiment trop profond pour avoir le désir de le révéler aux autres. Le corps et le sang de Dieu allaient devenir siens en ce dimanche de ce splendide été. Sa bouche terrestre allait manger le pain de la vie éternelle et boire le sang versé pour lui.

Le sourire se figea sur le visage d'Aaltonen quand il songea à ce mystère qui, pour lui-même, n'avait encore jamais rien signifié. Un jour, quand il était petit garçon, lui aussi, après être allé au catéchisme, avait reçu dans sa bouche l'hostie sèche et bu une gorgée de vin. Après quoi, il avait fait partie du groupe des jeunes gens qui étaient responsables d'eux-mêmes et devaient gagner seuls leur pain et organiser leur vie à leur guise. Puis l'usine et son ambiance lui avaient arraché le doute, que parfois encore il lui était arrivé d'éprouver. Il ne craignait ni les églises ni les pasteurs, il ne les respectait pas, bien que sa nature ne le portât point à la moquerie. Puis il avait subi des choses telles qu'elles ne laissèrent plus de place à Dieu dans ses pensées. Et vraiment, maintenant non plus, Dieu ne tenait pas de place dans le monde de sa pensée, mais son instinct, l'instinct de la terre, la compréhension nouvelle de la réalité, éveillée par la glèbe et qui lentement mûrissait en lui, amena son esprit à frôler le mystère, lorsque raide, devant l'écurie, il regarda la charrette et le cheval blanc tourner sur le chemin dans la direction du village. La mort était assise dans la charrette tirée par le cheval blanc, sous le chaud rayon du soleil d'été, et elle tenait les guides de ses mains osseuses dont les veines saillaient. Le pain et le vin, le corps et le sang, l'union mystérieuse de l'homme et de la terre, qui était plus grande que lui-même, plus éternelle que sa pensée ! Le savoir et la pensée étaient périssables à côté. Il sentit un instant, d'une manière troublante, alors qu'il se tenait raide devant l'écurie, la vérité secrète qui se cachait sous l'écorce de la vérité apparente. Et quand il redressa son dos et se frotta les yeux, comme en s'éveillant, c'était comme si bien des années vaines et stériles qu'il avait vécues, avaient été éparpillées loin de lui, avec un bruissement imperceptible, comme la graine mise en terre, poussée par une force mystérieuse, fait éclater son écorce sèche et la laisse mourir dans le sein du sol.

On déjeunait tard, le dimanche matin. En entrant dans la salle, Aaltonen vit que le parquet était balayé et lavé. La femme avait également cueilli des fleurs des champs dont elle avait garni un vase de terre sur la large table du fond. C'était la première fois qu'elle apportait des fleurs dans la pièce, et qu'elle essayait de rendre plus jolie leur salle commune.

Ils mangèrent tous les deux à la grande table ; la femme rompit le pain de ses mains et le tendit à Aaltonen qui serra dans sa main ce pain qu'elle lui donnait et qui pour lui était béni. Avec la grande louche, elle emplit son assiette de soupe et il mangea. Elle lui versa de la cervoise dans son gobelet et il but.

Quand, enfin, il se leva de table, il n'essuya pas sa bouche, comme d'habitude, d'un air embarrassé, du revers de sa main ; il ne dit pas merci, mais en passant il croisa, comme en cachette, ses grandes mains sur le coin de la table, ainsi que le fermier Hermanni avait coutume de faire avant de s'asseoir pour le repas. Juste à ce moment, la femme le regarda. Les joues brunies d'Aaltonen s'empourprèrent soudain, et il sortit bien vite dans la cour. Il s'y tint, un instant, sans penser, à regarder le ciel, puis il s'assit dans un chaud rayon de soleil, sur l'escalier du magasin. Devant son regard s'attardait toujours le souvenir des yeux de la femme qui, semblables auparavant à des pierres bleues, étaient maintenant doux, francs et beaux. Ils regardaient en lui, et il sentit un frisson le long de sa robuste nuque et son visage brûlait tandis qu'il était assis sur l'escalier et qu'une hirondelle aux ailes rapides comme l'éclair, passa près de son visage. Il resta longtemps là, un frisson de joie dans l'âme, ses mains embarrassées sur les genoux, il suivait du regard l'hirondelle et les nuages de beau temps. Puis il eut un frisson glacial. L'homme enfermé dans la chambre vint devant la salle d'un air distrait, et regarda autour de lui. Il avait des souliers aux pieds et, regardant Aaltonen à la dérobée, il avança d'un pas vers lui. Aaltonen sentit son corps se raidir dans une froide résistance et ses doigts s'ouvrir et se refermer en se serrant, mais l'homme se retira et s'en fut vers le bois en marchant nonchalamment le long du sentier du bétail. Il partait pour sa promenade du dimanche ; il ramassa une pierre par terre et la lança contre le mur de l'écurie. Avec une tension et un ravissement instinctifs, Aaltonen suivit du regard ce départ nonchalant et sans but.

L'homme essaya de sauter par-dessus la barrière de la clôture en s'appuyant sur le montant, mais il resta accroché à des piquets et dégringola de l'autre côté. Grommelant et pestant, il se releva, secoua sa veste et grimpa sur le rocher, le long du sentier sablonneux des vaches ; puis le bois l'enferma dans sa profondeur.

En même temps la femme sortit, comme timidement, et resta elle aussi debout, un moment, sur l'escalier. Aaltonen la regarda, la bouche un peu entrouverte, il demeurait confondu à fixer cette apparition étrange, car la femme avait une robe à dessins bariolés, qui descendait jusqu'aux chevilles, laissant son cou et ses bras nus. Elle avait mis une robe d'été de dame et avait peigné ses cheveux sur le côté en ondulations souples. Et sa bouche était rouge et, dans ses yeux, il y avait un clair regard lorsqu'elle se baissa pour cueillir une fleur de trèfle dans la cour, qu'elle traversa ensuite, à pas balancés, pour venir près d'Aaltonen, devant le magasin.

Aaltonen vit son sourire. C'était la première fois qu'il la voyait lui sourire et son cœur se mit à battre à grands coups étouffés. Il bougea péniblement ses mains sur ses genoux et les fixa, ses grandes mains durcies, pour cacher son regard. Mais elle vint devant lui, et considéra cette tête penchée en souriant de ce sourire étrange et mystérieux.

La taille de la femme se ployait avec souplesse sous sa jolie robe, elle tenait derrière son dos ses mains gercées et durcies qui n'allaient pas bien avec cette toilette. Un sourire, un caprice, lui avaient fait sortir cette robe qu'elle avait cru déjà avoir abandonnée pour toujours. Un sourire capricieux et impatient ondulait en elle, ce matin de dimanche, elle n'y pouvait rien et ne désirait pas non plus l'empêcher. Avec une délicieuse douleur dans l'âme, elle regardait la tête de l'homme penchée devant elle et cette nuque robuste et brunie que coupait la raie blanche de la chemise propre. Les mains derrière le dos, elle se balançait, frémissant du désir de toucher cette tête inclinée, cette nuque robuste et ferme, et de les posséder par ce contact.

Mais ensuite elle se fit un visage très sérieux et très grave, elle fronça un peu son front lisse et dit :

« N'avez-vous jamais été au village, Aaltonen ? N'avez-vous pas envie d'y aller ? »

Pour la première fois elle lui adressait la parole à la manière des bourgeois, et l'homme releva la tête en sursautant, les joues très rouges, il la regardait d'un air soupçonneux. Mais elle supporta gravement ce regard et plissa encore un peu son front comme si elle attendait, pressante, une réponse à sa question.

« Non, je ne connais pas le village », dit-il, et il regardait toujours la femme comme s'il n'en croyait pas ses yeux. Il se sentait désemparé et gauche comme un petit garçon qu'une grande fille est venue taquiner pour jouir de sa confusion et de son propre pouvoir. Son regard humble et extasié suivait les lignes de la femme et rencontra son cou et ses bras nus. Avec béatitude, elle sentit ce regard, mais en même temps elle sentit aussi ses seins se gonfler, vivants et beaux, sous la robe serrée, alors qu'elle tenait toujours ses mains derrière son dos. Puis, à son tour, ses yeux devinrent incertains et se détournèrent, une rougeur vive se répandit sur son cou blanc et sur ses joues brunies par l'été.

Elle s'assit brusquement sur l'escalier du magasin, pas très près d'Aaltonen et comme par timidité un peu plus bas que lui, mais de telle façon pourtant qu'elle aurait pu le toucher si elle avait étendu la main. C'était une femme mûre, de plus de trente ans déjà, ainsi que l'homme, mais dans l'éclat de ce délicieux dimanche, elle se sentait comme une jeune fille qui, pour la première fois, afin de se rendre compte de son pouvoir, s'approche d'un homme, avec un suave et impatient désir de le tourmenter.

« Est-ce que vous ne vous sentez pas parfois un peu seul, ici ? » demanda-t-elle avec un tremblement dans la voix provoqué par l'heureux émoi que le voisinage de l'homme lui causait. Aaltonen la regarda. Son visage brun était maintenant devenu un peu pâle, et ses yeux fixaient, sombres et sans sourciller, ceux de la femme.

« Non, jamais », répondit-il avec une ferme assurance. Par ces mots, il voulait et croyait dire que jamais plus il ne ressentirait de solitude si cette femme était près de lui et s'il pouvait travailler pour elle, habiter dans sa demeure, être son serviteur ou tout ce qu'elle voudrait.

Une émotion profonde, une chaude tendresse fondaient l'esprit de la femme. Elle ne put plus y tenir.

« Vraiment ? » fit-elle. C'était un mot vide, qui ne signifiait ni ne demandait rien. Elle l'avait prononcé seulement pour dire quelque chose et en même temps elle étendit la main et la posa sur le bras de l'homme. Elle étendit sa main gercée et écorchée par le travail, très légèrement ; avec précaution elle l'appuya sur le bras de l'homme qu'elle toucha et fit sien.

Aaltonen ne bougea pas, pas un tressaillement ne dévoila ce qu'il ressentait. Mais son cœur battait à grands coups violents, son cœur battait dans sa poitrine contre ses côtes, à l'étouffer, et les pulsations des veines de son bras se sentaient à travers la chemise et à travers la manche blanche de la chemise elles se propageaient dans les doigts de la femme et de ses doigts dans son corps le long de son bras blanc, si bien que chaque battement faisait tressaillir délicieusement le plus profond d'elle-même, ce qu'il y avait de mystérieux qui était éclos en elle et avait rendu neuf et vierge son corps cent fois profané et supplicié.

Ils restèrent assis un moment, la main de la femme appuyée sur le bras robuste de l'homme. Puis elle la retira doucement, en même temps elle se sentit vide et sans force. La force s'écoulait hors de son bras, hors de son corps, lorsqu'elle ne sentait plus le bras de l'homme sous sa main. Toute son envie de plaisanter s'était soudain évanouie. C'était une femme mûre qui avait supporté bien des tourments, bien des choses irritantes et cruelles aussi, mais elle comprenait maintenant qu'elle n'avait jamais rien éprouvé. Ses mains avaient soif de cet inconnu, du contact de cet homme aimé, pourtant elle les posa sur ses genoux et demanda avec une calme gravité, d'un ton tout autre que celui de tout à l'heure :

« Pourquoi avez-vous quitté votre maison, Aaltonen ? »

Cette question l'avait tourmentée, elle désirait savoir, elle voulait aussi faire sien le passé de cet homme pour pouvoir être sûre que personne ne le rappellerait tout à coup, que personne ne pourrait le séparer d'elle. Inquiète, elle attendait la réponse ; jalousement, elle voulait effacer tout le passé et en libérer l'homme, afin de le garder pour elle seule. Cet homme était le sien, la terre le lui avait donné, cette vieille terre bénie. Cet homme était le sien, la route l'avait amené à la ferme par une soirée de printemps, la route bénie.

« Pourquoi avez-vous quitté votre maison, Aaltonen ? » répéta-t-elle, comme il hésitait à répondre. Et de nouveau sa main vivante, neuve, toucha le bras de l'homme pour le prendre en se confiant.

VII

L'homme avait hésité à répondre, non parce que cela lui aurait été difficile, mais parce que tout ce passé était devenu dans son souvenir si simple et si clair. Il avait bien compris. Toute la souffrance et toute l'amertume qu'il avait enfouies au plus profond de lui-même étaient mortes et ne lui causaient plus aucune douleur. C'était comme si son corps blessé enfermait lentement en lui, après la douleur et la fièvre amère, ce corps étranger et l'entourait d'une cicatrice protectrice, l'isolait et ne s'en souciait plus.

Alors, il leva les yeux vers la femme et devant ce regard adouci et rayonnant, il lui fut facile de parler. Il ne chercha pas les mots, qui pourtant lui avaient toujours été difficiles à trouver et qui ne voulaient pas se plier à sa bouche. Tout était maintenant si clair, simple et facile, puisque le soleil brillait sur l'escalier du magasin, que derrière la barrière de la cour, le blé vert luisait et que la main bonne et chérie de la femme touchait son bras comme jamais avant il n'aurait cru que cela fût possible.

« D'abord, je devais être jardinier, commença-t-il, je m'exerçais dans le jardin de l'usine et je devais entrer à l'École d'horticulture, mais ensuite il fallut faire un an de service militaire ; lorsque j'en revins, mon père mourut, il n'y eut plus d'argent pour l'école. Pendant deux ans je fus contremaître à l'échantillonnage de l'usine et j'économisai de l'argent pour l'École d'horticulture. Mais j'étais solitaire, et je ne savais pas être comme les autres. Il y avait une femme plus âgée que moi que j'avais rencontrée à des soirées. Comme une fois j'avais été avec elle, je crus que je devais l'épouser. Elle désirait me voir aller à l'usine car on l'agrandissait et le moment était bon. Elle ne se serait pas plu dans une ferme car elle n'y aurait eu ni compagnie ni lieux de plaisir. Puis elle dit qu'elle allait avoir un enfant. Néanmoins, il lui fallait toujours être dehors pour rencontrer des gens, elle donnait des repas et à cela mes économies fondirent vite. Elle commençait déjà à m'inquiéter et j'essayais de me séparer d'elle. Mais l'enfant allait venir et je ne pouvais absolument pas penser que ce ne fût pas le mien. Ainsi, je rentrai à l'usine et je n'eus pas à m'en plaindre car les contremaîtres et l'ingénieur étaient contents de moi et je reçus bientôt une bonne paye. J'eus même ensuite un terrain et un prêt pour bâtir, car je ne pouvais pas habiter dans un logement en location au milieu de l'agglomération, sans terre, sans arbres, où les airs de phonographes et les radios résonnaient par les fenêtres, où les commères se disputaient dans la cour, où les guenilles des enfants séchaient sur une corde dans l'entrée. »

Aaltonen se tut, ses grandes mains s'agitèrent sur ses genoux, ses yeux regardèrent au loin, inexpressifs. Il revoyait encore tout cela, il revivait la succession incolore des journées toutes semblables, il respirait l'air continuellement vicié par l'odeur de soufre et de sulfate. La femme soupira légèrement à son côté, il eut un sursaut et continua :

« Ce fut dur de m'habituer à l'usine, ayant toute ma vie cultivé la terre. Les journées étaient courtes et le travail n'était pas pénible à côté de celui de la campagne, mais, pourtant, je n'étais pas content. Ma poitrine se serrait, j'avais du mal à respirer, et la femme qui, la nuit, couchait à mon côté, me devint vite haïssable. La première année, elle resta en place, mais ensuite l'enfant commença à grandir, la vie se tassa, l'habitude et l'ennui vinrent. Finalement elle ne voulut plus rester une seule soirée à la maison. Tantôt elle faisait semblant d'aller à une réunion, tantôt il y avait séance de cinéma, tantôt il fallait aller au bal, et s'il n'y avait aucun prétexte, alors elle s'installait à bavarder chez la voisine plutôt que de rester chez elle. Elle m'importunait pour que je l'accompagne, mais je n'étais pas fait pour la société. Je ne savais pas parler comme les autres, je ne savais pas rire des choses auxquelles je ne trouvais rien de risible. J'avais plus de plaisir à nettoyer les plates-bandes du jardin et, pendant l'hiver, à m'occuper de travaux manuels ; j'arrangeais mes roues de bicyclette, les serrures et les appareils électriques. Je voulais économiser afin de payer la maison et d'en être propriétaire. C'était pour nous un sujet d'éternelles disputes. Et bien des soirs elle resta tard dehors et ne revint que lorsque je dormais déjà. Et il y eut des nuits de samedi où la chambre était claire déjà quand elle rentra, et elle s'était peint la bouche et elle sentait l'eau-de-vie. Elle amenait aussi des étrangers chez nous pour jouer aux cartes et les hommes avaient toujours de l'eau-de-vie. Ils me laissaient de côté. Souvent j'étais tellement dégoûté que je sortais dans la cour et que je restais là, dans l'obscurité, à pester tout seul. Je me tourmentais en vain sur la façon dont je pourrais en finir avec tout cela, mais l'enfant me faisait pitié. Parfois, sa mère faisait semblant d'être bonne avec elle, l'habillait de beaux habits pour la montrer aux autres ; parfois elle ne se souciait même pas de lui faire à manger. L'enfant jouait avec les autres dans la cour et pleurait pour avoir sa tartine de beurre. Elle allait au lit sans être lavée et restait délaissée des journées entières. Mais elles faisaient toujours front contre moi, toutes les deux, la mère et la fille, et cela depuis le moment où la petite avait appris à marcher et à parler. Moi, j'étais méchant et je faisais peur. Je ne savais ni jouer, ni rire. Moi, j'étais un bougon, un rabat-joie, et à petits coups, elles me harcelaient, quelquefois jusqu'à me rendre si aveugle que je les battais toutes les deux et qu'ensuite je m'enfermais dans le bûcher, j'y faisais mon lit et je m'achetais moi-même ma nourriture. »

Aaltonen se tut de nouveau, et la femme demanda, en retenant son souffle et en détournant son regard :

« Était-elle jolie, votre femme ? »

On aurait dit que l'homme pesait très exactement ses mots. Il voulait être véridique, il désirait ne rien exagérer et tout ce passé lui était devenu si mort et si lointain qu'il lui fut facile de dire :

« Ses yeux étaient ronds et bruns, elle avait la peau claire. Elle était petite, beaucoup plus petite que moi et sa taille était souple. Les hommes lui souriaient tout de suite, dès la première fois qu'ils la voyaient et elle ne leur fermait pas sa porte. Huit années eurent le temps de s'écouler avant que j'apprisse ce que, dans mon manque d'expérience, je n'avais pas compris. Ce n'était pas une épouse mais une “ fille ”, même vis-à-vis de moi, c'était une fille, car ce qu'elle désirait, elle l'achetait de moi avec son corps, jusqu'à ce que j'eusse appris à être dégoûté de moi-même. Et de la même façon elle achetait aux autres ce que je ne voulais pas lui accorder. Elle achetait des robes, des parures bon marché, des billets de cinéma, de bal, de l'eau-de-vie, et tout ce qui lui faisait plaisir. Chaque chose avait son prix, le baiser et l'étreinte. Et je ne sais pas si même elle y trouvait du mal, car elle était faite comme ça.

« Pendant huit ans elle sut me cacher tout cela car elle me craignait, et ce fut facile, je n'avais en effet, dans l'agglomération de l'usine aucun ami, aucune connaissance pour m'ouvrir les yeux. Mais lentement elle empoisonna tout ce qui aurait pu me causer de la joie. Et j'étais toujours celui qui avait tort, qui lui interdisait tout plaisir. Elle le croyait dur comme fer et si elle pensait quelque chose dans sa cervelle de fille, oui, c'était certainement qu'elle faisait bien en me bafouant et en me trompant avec d'autres hommes dans ma propre maison. Mais elle m'était devenue étrangère déjà au bout de la première année ; ensuite, elle ne fut plus ma femme mais ce que j'ai déjà dit. Et pourtant je veillais dans mon lit, serrant les poings pendant bien des nuits, alors que j'avais une journée de travail le lendemain et qu'elle gardait pendant plus de la moitié de la nuit des étrangers dans la cuisine où l'on riait, l'on jouait aux cartes, puis on chuchotait à voix basse, on murmurait et le plancher craquait. »

Aaltonen avait parlé comme dans le vide, les mains sur les genoux et en regardant fixement devant lui. Puis il tourna la tête et regarda la femme. Elle était assise tout près de lui, les bras blancs et nus, sur l'escalier du magasin. Elle était assise la tête inclinée, ses cheveux en ondulations pâles brillaient dans les rayons du soleil et son regard cherchait obstinément le sol à ses pieds.

« Faut-il que je raconte encore ? » demanda Aaltonen, comme s'il avait sursauté brusquement en pensant à ce que tout ceci avait à faire au juste avec eux. C'était vraiment une histoire d'un autre monde avec lequel eux deux n'avaient plus aucun contact. C'était tout à fait mort, fini. Cela lui était revenu à l'esprit très clairement et facilement, mais en quoi cela les regardait-il encore ?

« Racontez jusqu'au bout, Aaltonen, dit la femme, le visage toujours baissé, puis ce sera fini. »

Elle allongea la main, déchiqueta inconsciemment une feuille de plantain qui luisait à ses pieds.

« Avec les années elle se mit à me détester, je lui devenais odieux. Elle ne se donnait même plus la peine de me cacher ce qu'elle faisait, soit qu'elle me crût idiot et incapable de rien voir, soit qu'elle désirât m'exciter pour me faire agir en sorte que je tomberais sous sa coupe si elle se séparait de moi et qu'elle exigerait, d'après la loi, une pension sur ma paye. Une fois même, en partant au travail, je l'ai trouvée ivre, couchée sur le plancher de la cuisine entre deux hommes. Finalement, j'appris que l'enfant n'était pas de moi. Un contremaître de l'usine, marié, lui avait donné de l'argent pour qu'elle m'épousât, et il y avait huit ans qu'il lui donnait chaque mois de l'argent pour l'enfant. Puis sa femme était morte et l'homme était venu lui-même à l'heure du déjeuner me dire qu'il ne voulait plus payer l'entretien de l'enfant. C'était un jour d'automne. Dans la cour les pommes étaient mûres sur les pommiers que j'avais plantés tant ils avaient déjà poussé et je n'éprouvais plus de haine ni même d'amertume. Je sentis seulement un grand soulagement lorsque je me rendis à la maison en suivant le chemin dont je m'étais lassé et dont les maisons me semblaient odieuses. Je ne regardai pas autour de moi, je ne demandai et ne dis rien. Je revêtis mes habits du dimanche, je pris dans le tiroir ce qui restait de l'argent de ma paye, j'ôtai mon chapeau du clou et je partis. Et ensuite il n'y eut rien de plus. »

Mais une ombre cependant s'étendait entre eux et le jour n'était plus aussi limpide que tout à l'heure. De nouveau, l'hirondelle, avec ses ailes d'un noir éclatant, passa, rapide près de l'escalier du magasin. Dans leur esprit, tout devenait soudain vide et calme. Ils étaient assis côte à côte, à portée de main, silencieux tous les deux. Aaltonen pensait que peut-être, malgré tout, il eût été préférable de ne rien raconter ; mais, vraiment, il n'était pas une chose qu'il eût voulu cacher à cette femme. Elle gardait le silence, ce mutisme le rendait confus ; timidement, du coin de l'œil, il la regardait à la dérobée. Mais elle tenait toujours la tête baissée, obstinément, et Aaltonen n'osait pas la toucher. Alors elle dit tout à coup :

« Venez, Aaltonen. »

Elle le tira doucement par le bras, se leva et défroissa sa robe aux genoux, puis, à pas légers, elle traversa la cour. Aaltonen la suivit, hésitant. Ils traversèrent la cour, dépassèrent capricieusement la porcherie et l'étuve. La femme se baissa avec nonchalance et comme pour faire quelque chose, cueillit une fleur bleue sur le bord du ruisseau qu'elle se mit à remonter du côté de l'étang. Aaltonen la suivait toujours, à pas assurés, mais elle ne se retourna pas pour le regarder. Le ciel était immense au-dessus de leur tête. Le champ s'arrêtait là. Sur sa bordure commençait l'étendue couverte de mousse et de linaigrette. La femme marchait en avant à pas légers et balancés, puis l'étang fut devant eux comme un miroir sombre, et bien que le jour fût chaud et que le soleil brillât, l'étang soufflait une froideur menaçante sur l'homme qui approchait.

Aaltonen s'arrêta lorsque la mousse rêche du rivage commença à s'ébranler et à osciller sous ses pieds. Mais la femme avançait toujours de son pas balancé et léger, elle ne s'arrêta que lorsque l'eau fut devant elle, l'eau sombre sur la vase mouvante et sans fond. L'homme vit alors un spectacle étrange, la femme se mit à se balancer capricieusement sur la mousse mouvante. Elle laissait ses pieds aux mêmes endroits, bien que l'eau mouillât déjà ses chaussures. Son corps, son corps neuf, vivant, se balançait lentement en mouvements rythmés et vertigineusement lents sur la couche de mousse traîtresse au-dessus de la vase sans fond. Au-dessus de la tête, le soleil brillait maintenant, froid. Les feuilles rougeâtres et rondes des rossolis aux têtes pointues, souples et noires, guettaient au milieu du marais. Au loin, derrière, s'élevaient les sombres sapins autour de l'étuve noircie. Et le corps de la femme, avec ses bras nus, son visage nu, ses cheveux aux ondulations brillantes au-dessus de son visage bruni, oscillait sur la vase sans fond.

Puis elle s'arrêta brusquement et s'essuya le front. Elle revint près d'Aaltonen en marchant avec précaution et en cherchant où poser ses pieds sur la mousse. De ses deux mains, en passant, elle toucha le bras d'Aaltonen et dit, en tendant le visage, la tête rejetée un peu en arrière :

« C'est juste comme ça que je suis maintenant. »

Et Aaltonen comprit ce qu'elle voulait dire. C'était l'image de leur vie. Ils étaient détachés de tout, eux deux, avec le ciel immense au-dessus de leur tête et au-dessous quelque chose d'obscur et d'insondable. Tandis qu'elle se balançait sur le bord de l'étang au-dessus de la vase sans fond, la femme n'avait sous le ciel aucun devoir envers personne ; sur la mousse traîtresse au-dessus des ténèbres qui la guettaient, elle était libre.

Les mains de la femme, ses belles mains touchèrent le bras d'Aaltonen, et le visage nu et solitaire se tendit vers lui, plein d'un sourire étrange, sur la rive de l'étang sombre, jusqu'au moment où elle retira sa main de nouveau, comme si ce contact lui avait semblé trop violent et trop tendre pour être vrai.

Lorsqu'ils revinrent le long du ruisseau,

on entendit un bruit de pierres roulant sur le chemin rocailleux qui conduisait aux rochers. L'homme qui habitait la chambre descendait vers la barrière par le sentier des bêtes, il tenait dans sa main une branche d'aulne qu'il avait dépouillée de ses feuilles. En marchant, il frappait les arbres avec cette baguette et poussait les pierres du pied pour les faire rouler jusqu'au bas de la pente. À pas hésitants ses jambes transportaient son corps flasque au bas de la colline et son menton était sans énergie.

La femme, à côté d'Aaltonen, se raidit et se glaça soudain. Son visage se durcit jusqu'à perdre toute expression, et ses yeux ressemblèrent de nouveau à des pierres d'un bleu sans faille. Sans regarder Aaltonen, elle alla rapidement dans la cour en passant devant l'étable et de là, dans la salle. Aaltonen resta debout près de l'étuve, dans l'ombre des sapins sombres. Il se tenait sans bouger, sans respirer, caché par le mur noirci de l'étuve et il laissa passer celui qui arrivait. Ses grandes mains serrées, Aaltonen regarda ce dos sans maintien et cette main sans vigueur qui fouettait les arbres avec sa baguette d'aulne, les dépouillant de leur écorce.

Lorsque l'homme eut disparu dans la salle, Aaltonen retourna lentement dans la cour et de nouveau s'assit sur l'escalier du magasin à la place même où tout à l'heure la femme s'était assise près de lui. Un vent léger caressait son visage mais il ne pensait pas au vent. Le blé, derrière la clôture, ondulait comme des flammes vertes, mais il ne pensait pas au blé. Il éleva son bras et le palpa. C'était un bras solide qui pouvait travailler de l'aurore jusqu'au soir. Il tâta sa poitrine sous la chemise blanche, elle était robuste, large et brunie par le soleil. Mais d'où venait maintenant la faiblesse de ses bras et de sa robuste poitrine ? Aurait-il de nouveau conduit sa vie dans une impasse où il ne semblait pas y avoir d'issue ? Est-ce qu'il était de nouveau entravé par une chaîne pesante et cruelle, bien que ce fût maintenant la chaîne d'un autre être humain ? Tout, pourtant, était autrement qu'avant et il ne se torturait plus lui-même en vain par des pensées fatigantes. Tout était clair et simple, bien qu'à cet instant même il ne perçût aucune possibilité de dénouement.

Tout à coup, il sursauta en se dressant sur ses jambes, les yeux hagards. Un cri, un gémissement venant de la salle était parvenu jusqu'à ses oreilles. À travers les murs, à travers la cour il était parvenu à ses oreilles, et sans hésitation, les yeux hagards, il y répondait comme à un appel, portant en lui une menace froide et effrayante. La porte de la salle s'ouvrit violemment, la femme était à genoux sur le parquet et l'homme qui habitait la chambre, sans voir celui qui entrait, lui tordait les bras derrière le dos, le visage tremblotant, le corps agité d'une joie immense et irrésistible. L'étrange robe de la femme et ses bras nus avaient éveillé le désir furieux de l'homme, il ne pouvait penser à rien d'autre. Dans son délire, il ne craignait plus ni la souffrance ni les coups.

Aaltonen, de sa main droite, souleva la brute par la nuque et la jeta sur le parquet, puis la prenant de nouveau par le cou, il la remit sur ses jambes, la lâcha et la frappa des deux mains, à tour de bras, sur les deux joues. L'homme tituba, et l'air désemparé, sans résister, leva son bras pour essayer de protéger son visage. En lui serrant la nuque, Aaltonen le conduisit jusqu'à la porte de la chambre du fond ; il le poussa à l'intérieur, ferma la porte à clef, puis il posa lentement la clef sur la table de la première pièce. Alors, lui aussi fut pris d'un tremblement, ses mains et ses genoux tressaillaient. Il resta un moment à regarder le lit étroit et dur de la femme et cette chambre austère, en attendant que cessât son tremblement. Alors seulement il retourna dans la salle.

La femme était toujours à genoux sur le parquet, elle frottait machinalement de son autre main son bras tordu. Le devant de sa robe était déchiré jusqu'à la ceinture et un de ses seins était découvert. Elle n'essaya pas de le couvrir quand Aaltonen, les genoux et les mains tremblant encore, la releva par les coudes et, haletant, la soutint dans ses bras, raidie et comme morte, les yeux durcis comme des pierres bleues et le visage sans vie. Les bras de l'homme se relâchèrent lentement, elle releva la tête, se passa la main sur les cheveux d'un geste désespéré, puis elle remonta avec lassitude sa robe sur ses épaules en la maintenant avec les doigts, et dit :

« Va-t'en maintenant. »

L'homme la regarda une fois encore avec des yeux où s'éteignaient toute joie et toute haine, puis il attrapa l'affiloir sur le linteau de la cheminée et il sortit de la salle.

Lorsqu'un moment après la femme vint dans la cour, elle avait revêtu sa robe de travail tachée. Elle vit Aaltonen assis sur l'escalier du magasin, un pot d'eau près de lui, occupé à affûter la hache avec l'affiloir. À pas raides, elle alla s'asseoir près de lui. Mais il resta les yeux fixés sur son travail. Alors de sa main sans vie, elle toucha le genou de l'homme et lui demanda :

« Pourquoi affûtes-tu la hache un dimanche ? »

Aaltonen interrompit son travail, leva son regard qu'un voile rendait impénétrable et dit en inclinant la tête vers la maison :

« Je le tuerai. »

La femme regarda longtemps fixement devant elle, au loin, les yeux durs, le visage enlaidi par la rigidité. Aaltonen laissa son travail et la fixa d'un air interrogateur et impénétrable. Alors elle dit désespérément :

« Non, cela n'ira pas comme ça », et posant ses doigts inertes sur la grande main de l'homme elle ajouta : « Tu ne ferais que te perdre, toi aussi. »

La nature était toujours la même autour d'eux. Le ciel s'arrondissait en une voûte aussi vaste, le jeune blé ondulait aussi étincelant derrière la clôture. Seule leur joie avait disparu, mais la terre ne connaît ni joie ni chagrin, elle aurait pris sans répulsion, dans son sein, la chair putride et répugnante, les os luisants de graisse, le foie noirâtre et recroquevillé, le cœur insensible si la hache tranchante avait séparé de ce corps l'esprit malade. La terre ne l'aurait pas repoussé de son sein. Silencieuse, calme, éternelle, elle l'aurait dissous en elle au cours des mois et des années pour l'éternité. Mais cela ne devait pas arriver. Non, bien que sans doute, c'eût été justice. Il était vain de vouloir se révolter là contre.

La femme soupira d'un air las et enleva ses doigts posés sur la main immobile d'Aaltonen, son visage était figé et sans vie ; ses mains étaient comme mortes. Un épuisement infini s'était emparé d'elle, un épuisement causé par le dégoût et un immense désespoir.

« Laisse-moi aller me coucher dans ton magasin », dit-elle.

Et, sans attendre une réponse, elle se leva et gravit lentement jusqu'au perron l'escalier qui criait. Elle ouvrit la porte, baissa la tête et pénétra dans la cabane obscure dans l'odeur du linge propre. Aaltonen posa la hache et l'affûtoir, vida par terre l'eau du pot et la suivit. Là, il s'étendit de tout son long sur le lit, à côté de la femme, sur la paille crissante, sous le drap rugueux. Elle enfonça son visage sous le drap et posa sa main sur le cou de l'homme. Sa main était abîmée par le travail, la paume en était durcie, mais son contact était doux au cou d'Aaltonen. Ainsi, eux deux, ils n'étaient plus seuls.

Ils restèrent ainsi, étendus sans bouger, côte à côte, dans la pénombre fraîche du magasin jusqu'au soir, au moment où la lumière qui pénétrait par l'ouverture de la lucarne se teinta de rouge pâle et que le grincement léger d'une charrette commença à se faire entendre sur la route venant du village.

Aaltonen se leva pour regarder par la lucarne. La jument blanche arrivait, tirant, tête baissée, le long du chemin, la charrette grinçante, et sur la banquette, le vieil Hermanni était assis, tenant les guides, décharné et semblable à un spectre, dans le rougeoiement du soir. L'ombre du cheval blanc et de la charrette s'allongeait sur le blé qui, au bord du chemin, étincelait et jetait des flammes. La mort entrait dans la cour avec la vieille jument blanche.

VIII

Mais de nouveau les jours glissèrent comme s'il ne s'était jamais rien passé. La pluie arrosa la terre, l'herbe devenue haute et mouillée empêtrait, près du puits, les pieds nus, l'humidité frisait les cheveux blonds et les rendait luisants, de sombres nuages balayaient le ciel, l'air s'obscurcissait entre les rochers, les éclairs étincelaient terrifiants et de rocher en rocher roulait le grondement sourd du tonnerre. Flanc contre flanc, les vaches se serraient à l'abri des grands arbres, l'eau bouillonnante creusait de rigoles sinueuses le sentier pierreux de la pente. Les touffes des raves élevaient leur vert sombre, les feuilles des pommes de terre brillaient à nouveau au jour chaud, et le seigle jaunissait dans les champs ensoleillés sur le penchant de la colline.

Le foin était déjà sur les séchoirs et la terre n'accordait qu'un court sommeil à celui qui avait la responsabilité de la récolte. Aaltonen dormait profondément sa nuit, sans rêver, et la femme, le soir, les mains engourdies par le manche du râteau et de la fourche, préparait encore le repas, trayait les vaches et donnait à manger aux bêtes ; elle oubliait vite bien des choses dont elle ne voulait plus se souvenir. Dans la hâte de cette période de la fauchaison, Hermanni aussi se ranimait une fois encore et prenait part aux travaux. L'homme qui habitait la chambre put également, pendant quelques jours, travailler pour gagner son pain jusqu'à ce qu'il se dît malade, se plaignît que sa tête brûlait, que son ventre lui faisait mal et abandonnât les autres.

Il y avait encore des matins où la femme souriait en se lavant les mains dans l'eau sombre du ruisseau. Le sourire lui revenait lorsque, s'appuyant sur sa fourche, elle s'arrêtait pour essuyer de son front brûlant la sueur qui coulait jusqu'à ses yeux et qu'elle regardait la pleine charretée de foin tirée à travers le champ par la vieille jument à la vie dure dont les muscles se gonflaient comme des bosses sous le pelage blanc. La femme avait relevé ses manches et défait les premiers boutons de son corsage. Le soleil, de ses délicieux rayons cuisants, avait brûlé son cou et ses bras. Son corps, s'éveillant de sa langueur, se tendait à nouveau, robuste et souple, dans le dur travail. Lourds et vivants, elle sentait ses seins serrés sous l'étoffe du corsage, la sueur coulait dans le creux de sa poitrine sous l'ardeur du soleil et il était beau de regarder la nuque solide, les robustes épaules nues de l'inconnu devenu son ami. Aaltonen faucha seul les prairies éloignées, il se leva même avant l'aube pour avoir encore le temps, vers le milieu de la journée, de rentrer les derniers tas de foin depuis le bord de l'étang. Le matin suivant, la femme dit à Hermanni :

« Pourriez-vous, pour un soir, traire les vaches, pour qu'en une seule fois nous en finissions avec les prés éloignés ? »

Le fermier Hermanni la regarda de ses yeux pâlis de vieillard, il regarda aussi Aaltonen qui détourna la tête tandis que le sang montait sombre et brûlant à ses joues brunies.

« Pourquoi ne le pourrais-je pas ? » dit-il. Il voulut ajouter quelque chose encore, pourtant il se tut. Un moment après, il sortit de la salle et comme Aaltonen venait dans la cour, Hermanni lui promit en regardant vers le village :

« Bien sûr, je trairai les vaches le matin aussi et j'apporterai le lait à la laiterie, si toutefois vous n'avez pas besoin du cheval là-bas. Il ne faut pas que cela t'empêche de dormir. »

Aaltonen ne sut rien répondre à cela.

D'après ce qu'il avait calculé dans la journée il aurait bien fallu laisser encore le foin des prés éloignés sur les séchoirs. Devant les yeux pâlis d'Hermanni, il eut le sentiment d'être sur le point de voler quelque chose. C'est pourquoi son cœur battait encore à grands coups sourds.

« Attention aux harnais, qu'un côté ne se découse pas, dit-il seulement, il aurait fallu les réparer mais je n'ai pas eu le temps pendant les foins. »

Le soleil n'était pas encore couché qu'ils avaient à eux deux râtelé et mis sur les séchoirs le foin des prairies en bordure du bois. C'était là que commençaient les immenses terres incultes de la paroisse où il y avait encore des élans et beaucoup de lièvres. Une société de chasseurs de la ville les avait louées pour des parties de chasse et en automne ils y venaient de loin, avec leurs chiens, passer le week-end. On leur avait construit, à la limite des terres de la ferme, une étuve sur le bord d'un étang sylvestre à fond rocheux.

« Nous y passerons la nuit », dit la femme à Aaltonen, après avoir raconté cela.

Il n'y avait pas un long chemin de la prairie à l'étang. Quelques nénuphars blancs flottaient sur la surface de l'eau où se reflétaient les images tranquilles des arbres. L'étuve n'était pas fermée à clef. On y avait laissé des allumettes et du sel dans une niche du mur. Contre la muraille extérieure, on avait entassé un tas de bûches. Quelquefois, en été, aussi, des promeneurs y arrivaient de loin, mais personne visiblement n'était venu dans la cabane depuis des semaines.

La chaleur de la journée s'attardait sur la petite clairière devant l'étuve forestière. Le travail était fini, l'ardeur du soleil brûlait toujours dans le corps et les brindilles qui s'étaient attachées à la peau pendant que l'on portait les brassées de foin, chatouillaient encore. Aaltonen s'accroupit sur le rivage et se mit à se passer sur la tête et les épaules en sueur, de l'eau dont la froideur le surprit. Certainement, elle jaillissait de sources importantes cachées quelque part à l'intérieur des rochers.

« Sais-tu nager ? » demanda la femme près de lui, et elle le regardait en souriant. Elle souriait de ce même sourire mystérieux, presque inquiétant dans sa tendresse qui désemparait Aaltonen et lui enlevait sa force. En réponse, il hocha seulement la tête, il ne savait réellement pas nager et il en avait honte. La femme devint tout à coup très sérieuse, elle fronça légèrement son front, regarda Aaltonen les yeux étincelants, les mains derrière le dos :

« Moi, dit-elle, je vais nager. »

Elle prit le même chemin derrière l'étuve,

s'y déshabilla, et un instant après, Aaltonen la vit, toute nue, descendre dans l'eau un peu plus loin, parmi les buissons d'osier. Confus, il détourna la tête et fit semblant de regarder ailleurs. Il entendit le clapotement de l'eau et le bruissement des osiers. Puis la femme, une fois rhabillée, vint de nouveau près de lui et se laissa tomber à genoux à son côté, avec ses yeux bleus étincelants.

« Oh ! toi ! » dit-elle, et elle secoua la tête de telle sorte que ses cheveux ondoyèrent. Légèrement, comme une vague brûlante, sa main caressa de la nuque à la ceinture, le dos nu de l'homme. Aaltonen tressaillit un peu, mais il ne bougea pas ses mains. Il regardait de ses yeux qui s'assombrissaient le rougeoiement du soir dans l'étroite bande du ciel audessus de la forêt. Une béatitude, inconnue et inimaginée jusqu'alors, déferlait à travers tout son être, comme une vague sans fond où l'on se noie. Tout à coup, la femme se leva légèrement, elle prit le sac à provisions et commença à préparer le repas.

Le crépuscule s'assombrissait entre les arbres et le reflet rouge du soir s'éteignait lentement sur l'eau quand ils eurent terminé leur repas, un pauvre repas de paysans en ce temps de fenaison. La soirée était chaude. Après avoir mangé, ils s'assirent, le dos appuyé contre le mur de l'étuve, sentant chacun en silence la présence chérie de l'autre.

Ils restèrent longtemps assis là, côte à côte, leurs dernières paroles se perdirent au loin, la femme devint encore plus silencieuse et son sourire même s'évanouit, mais son visage vivait. Nu, dans la pâleur du crépuscule, il vivait et sa bouche, auparavant si contractée et durcie, s'entrouvrait avec douceur. Alors Aaltonen se leva lourdement, il prit son couteau et coupa sur le saule une brassée de feuillage pour servir de lit, il les monta sur la planche de l'étuve obscure et étendit sa veste par-dessus pour que la femme s'y allongeât. Elle se tenait dans l'embrasure de la porte basse, la main appuyée au linteau, et elle regardait quelque part, au loin, la bouche tendrement entrouverte ; absente, muette, elle se déliait d'elle-même, de ses pensées, de ses soucis journaliers, du mal et du passé. La terre impassible et calme l'entourait.

Mais lorsqu'elle s'étendit de tout son long dans l'obscurité, sur les feuilles fraîches, par-dessus la veste rapiécée, sentant un peu la terre et l'herbe humide et que l'homme la toucha, alors de nouveau une frigidité atroce descendit sur elle. Comme la mort, elle engourdissait ses membres, elle tuait sa joie et de sa bouche s'échappait un sanglot instinctif, un sanglot résigné de la plus profonde déception et de désespoir.

L'homme se retira aussitôt. Après un long moment où l'on n'entendait pas un souffle, sa main revint dans l'obscurité et caressa avec précaution le front et les cheveux de la femme. C'était une grande main durcie dans le travail, mais son contact était indiciblement prudent, tendre et délicieux pour la femme. La main étrangère et bonne caressait dans l'ombre sa joue, son cou, son épaule. Sa joue s'éveillait à la vie, son cou tressaillait, son épaule commençait à vivre, alors elle se tourna brusquement et se rapprochant un peu de l'homme elle étendit sa main morte sur sa nuque et immédiatement sa main, à son tour, s'éveilla à la vie. Et quand la grande main bosselée de l'homme toucha sa poitrine, sa poitrine profanée, inerte, de nouveau un sanglot s'échappa d'elle, un sanglot presque muet de libération et de défaillance infinies. Ses seins s'épanouissaient à la vie, fermes et beaux sous les vêtements, ses mains s'accrochaient désespérément et sans force, et cependant magnifiquement vivantes, au bras robuste et bon de l'homme, pour que cette main ne se détournât jamais, jamais plus du sillon vivant de sa poitrine.

Indiciblement tendre, prudent et doux, il s'approcha d'elle, comme une félicité immense, insoupçonnée et jamais éprouvée, et le poids de l'homme était doux à son corps éveillé brusquement à la vie, et la bouche ferme et muette de l'homme était douce à son cou ; la terre oscilla de nouveau sous elle au-dessus de profondeurs mystérieuses et elle sentit dans sa tête, vertigineux et douloureux, le balancement menaçant du sol.

Doucement, très doucement, avec une tendresse ineffable, l'homme s'approcha d'elle, un sourire irrésistible et profond éclata de son corps ressuscité après une longue mort et après tant de souffrance et de honte, jusqu'au moment où, soudain, sans s'y attendre, ses yeux s'agrandirent, fixes, dans l'obscurité, sa bouche s'ouvrit douce et heureuse, et de la profondeur mystérieuse de son corps un rire jaillit dans sa poitrine, dans sa gorge, dans sa bouche, tandis que ses mains pressaient étroitement les épaules dures et fermes de l'homme. Sonore et splendide, son rire éclata, faisant frissonner tout son corps d'un immense bonheur violent. Et après avoir ri ainsi, elle sut que jamais, jamais plus elle ne craindrait la mort.

Lorsque tard, le matin, elle s'éveilla d'un long sommeil, au moment où la lumière du soleil se glissait dans l'étuve refroidie par la nuit, elle savait qu'elle avait éprouvé ce qui n'est accordé qu'à bien peu d'êtres humains. La vie était petite, la vie de l'homme était misérable, triste et mesquine et elle savait bien que sa misère et sa honte ne cesseraient nullement, que de nouvelles souffrances, de nouveaux soucis à cause de tout ceci allaient seulement commencer. Mais avec orgueil et une sainte révolte elle sentit qu'aucun prix ne serait trop cher pour ce bonheur, et qu'il n'y avait dans la société et chez les hommes aucune barrière assez élevée pour ravaler cette joie. Aaltonen dormait près d'elle, la tête appuyée sur sa grande main, la bouche entrouverte, sa barbe commençait à pousser sur son menton ferme et rude, ses paupières plissées voilaient ses yeux graves aux coins desquels la clarté du jour avait dessiné de petites rides. Sa poitrine nue luisait, brune et robuste, par la fente de la chemise. Cet homme était à elle, cet homme aimé, à la fois connu et étranger, le domestique, le valet qui ne possédait rien et qui travaillait sur sa terre, celui grâce auquel les bêtes auraient à manger, les cochons n'auraient pas besoin de grogner de faim. La route l'avait amené à la ferme, un soir de printemps. La route ne pourrait jamais, jamais plus le lui reprendre. Cette terre était maintenant la sienne aussi, il l'avait gagnée par son travail et ses pas infatigables, non d'après la loi des hommes, mais d'après celle de la terre. Jamais, jamais plus la route ne pourrait le lui reprendre.

La femme ne craignait pas le travail dur ; jusqu'à présent, elle avait accompli sa tâche dans la révolte et l'orgueil, pour noyer dans le travail et dans la succession monotone des jours tous pareils, sa déception, son amertume et son ennui. À partir de ce moment, elle travaillerait à cause de sa joie, déjà le travail lui était devenu joyeux et rien ne pouvait plus la fatiguer ni l'ennuyer. De bon cœur elle était prête à supporter la mauvaise récolte et les vicissitudes de la vie à la campagne, elle en avait déjà supporté bien davantage grâce à sa révolte et à son orgueil. La terre donne à ceux qui en prennent soin une vieillesse précoce ; elle use les femmes jusqu'à les rendre laides avant l'âge. Mais elle ne craignait ni la vieillesse ni la laideur tant que l'homme serait sous son toit. Elle était prête à lui donner des enfants, s'il le fallait, sans craindre personne.

Telle était sa chimère, tard dans la matinée, tandis qu'elle était étendue sur la planche de l'étuve étrangère, à côté de l'inconnu qui dormait sur un lit de branchages. Mais ses yeux se durcirent, car elle savait bien que l'avenir ne lui appartenait pas.

En inconnu, telle une fatalité, l'homme était venu à la ferme un jour de printemps, au crépuscule et personne n'aurait pu déterminer ce qui allait arriver après. La terre oscillait, se dérobant sous ses pieds, et quelque part guettait une obscurité menaçante où l'on s'enlise. Oui, la femme savait bien à quel prix elle devrait acheter chaque instant de son bonheur. Peut-être n'existait-il pas de prix assez élevé pour lequel elle eût pu payer cette joie. C'était à elle, assoiffée, que cette coupe lumineuse avait été tendue, mais elle y buvait avec la crainte qu'elle ne lui fût arrachée des mains, sauvagement et sans pitié. Elle avait été séparée des autres, de la plupart des êtres humains, pour une destinée singulière. Dans la haine et la tristesse elle avait lutté contre cette destinée, car elle trouvait sa propre déception disproportionnée en comparaison de la déception ordinaire qu'apporte la vie. Mais maintenant sa joie était aussi infiniment plus grande que la joie ordinaire des hommes. Bien peu avaient éprouvé véritablement et sans s'abuser eux-mêmes un bonheur aussi grand, aussi entier et aussi pur. C'est pourquoi, repoussant la crainte qui s'insinuait en elle, elle voulait vivre pleinement et magnifiquement chaque moment de joie, parce que chacun de ces instants pouvait être le dernier pour elle.

Souriant, la bouche tendrement entrouverte, elle regardait celui qui dormait à côté d'elle sur les branches coupées. Puis doucement, avec précaution, elle tendit sa main et la posa sur la poitrine d'Aaltonen qu'elle fit sienne, doucement, avec délice, en glissant sous la chemise, tout le long de la peau durcie et lisse, sa main aux doigts étroits, enlaidie par le travail, puis elle l'arrêta à la place du cœur pour sentir ses battements calmes et vivants jusqu'au moment où ce cœur étranger s'arrêta brusquement, puis se remit à battre de nouveau, à coups forts, étouffants. En souriant, elle leva son regard vers le visage de l'homme et vit qu'il avait ouvert les yeux. Non, elle n'était pas partie, elle demeurait encore près de lui. Un tendre sourire sur les lèvres, elle répondit au regard d'Aaltonen.

Ils se regardaient les yeux dans les yeux, alors que l'homme, après un lourd sommeil, renaissait à la vie, et que la femme emprisonnait dans sa main bénie les battements vigoureux du cœur de l'homme, les battements vigoureux de son cœur robuste et vivant.

IX

En ces journées ensoleillées d'été, le vieil Hermanni faisait doucement le tour des champs familiers. On aurait dit qu'il faisait ses adieux aux maigres terres, aux fossés envahis par les herbes que ses forces ne suffisaient plus à remettre en état. Çà et là ses yeux remarquaient quelques petits changements. Un seul homme ne peut pas grand' chose pendant la courte saison du printemps et de l'été, même s'il travaille du matin jusqu'au soir. Pourtant les fossés d'écoulement étaient déblayés et on voyait çà et là, sur les toits, de nouvelles lattes de bois. Les gonds des portes étaient réparés, on aurait dit que la terre elle-même s'étonnait de porter une récolte plus abondante. L'avoine se dressait épaisse sur les terres chaulées du bord de l'étang, les touffes plantureuses des plantes fourragères promettaient, pour l'hiver, un supplément de lait ; dans l'étable, l'enclos des cochons avait été agrandi, on avait l'intention d'avoir plusieurs porcs à partir de l'automne.

Le vieillard, de son regard gris et morne, suivait les contours des champs familiers, et souvent il s'arrêtait pour regarder le ciel immense. En marchant il s'arrêtait souvent aussi sans motif, pour respirer en s'appuyant sur le tronc du grand bouleau familier, dont il caressait l'écorce à la dérobée. Il touchait même le rocher bien connu, au milieu du champ, se demandant si le temps où on le ferait sauter viendrait jamais. Son cœur fatigué battait imperceptiblement dans sa poitrine. Hermanni faisait ses adieux à la terre familière, dont il avait été le propriétaire autrefois, bien qu'il n'ait pas continué à en être le maître. Mais cela lui était égal qu'elle appartînt à n'importe qui pourvu qu'il y eût quelqu'un à travailler pour elle et que les champs ne se couvrissent pas d'herbe.

Ses yeux remarquaient bien des choses, rien ne lui échappait quand, quelque part, au loin, au milieu du brouillard et des pluies d'automne, s'entrevoyait déjà le jour ensoleillé de sa mort. Les oisillons s'étaient envolés de leur nid, les taupes creusaient activement le sol, amoncelant de grosses mottes de terre au bord du chemin ; sur la rivière, un pêcheur à la ligne inconnu ramait dans une barque plate vers le village. Mais le vieillard voyait surtout les rayons mystérieux du soleil et de la lune qui s'enfonçaient dans la vieille terre, les fleurs qui mûrissaient pour devenir fruits et les bêtes qui se cherchaient sous le couvert sombre de la forêt. L'eau profonde jaillissait des sources sur le sol, et les fourmis transportaient infatigablement des brins de paille dans leur fourmilière. Le dos de l'homme qui labourait le champ de pommes de terre luisait, derrière la charrue, comme un soleil roux, et la femme, les manches relevées et vêtue d'une grossière blouse de travail, lui faisait pendant, telle la lune mystérieuse.

Le vieillard avait vu cela aussi avec son visage qui, de jour en jour, jaunissait et devenait moins vivant. Le sourire était entré dans cette maison, le sourire qui n'avait jamais éclairé son propre ennui adoucissait maintenant sa vieillesse et sa mort. Il ne connaissait pas l'envie, et la pensée de sa déception ne lui causait pas d'amertume. Le sourire que ses yeux éteints de vieil homme avaient si rarement rencontré, lui apportait maintenant la présence, l'approche du soleil et de la lune, lorsqu'il regardait devant lui le jour ensoleillé de sa mort. Quant à lui, il avait été une graine dure et stérile et il en avait eu assez de lui-même pendant tous les jours de son existence. Mais il lui avait été donné de mordre au pain de vie et sa bouche avait abreuvé son vieux corps du vin de l'immortalité, cela lui suffisait.

Il pensait souvent en lui-même à son oncle Joose qui avait trouvé la mort sous un bouleau, en revenant de chercher le cheval au pâturage. Il était bon, sûrement, de mourir sur le gazon, à côté du cheval robuste et chaud, surpris par l'immobilité de ce corps refroidi. Jamais auparavant il ne l'avait si bien compris que maintenant, lorsqu'il entendait, venant du champ, le vacarme de la machine à battre et que des hommes inconnus pénétraient dans la salle, ou bien qu'on rentrait la paille blonde dans la grange et que le coffre du magasin se remplissait de grains pesants.

Puis la maison fut de nouveau tranquille. Mais le ronflement de la batteuse avait éveillé l'homme qui vivait dans la chambre. Il s'agitait de nouveau, il cherchait à aller dans la cour et les bois pendant le jour, et la nuit, il poussait en dormant un cri horrible de cauchemar qui réveillait les trois autres dans leurs lits et qui figeait le corps de la femme dans un engourdissement glacial.

Maintenant on voyait souvent l'homme dans la cour en train de regarder vers le village d'un regard attentif, comme aux aguets. De nouveau il s'habillait, mettait un col, faisait sa barbe qu'il avait laissée pousser en un poil rare et mou ; et il cherchait à lier conversation avec sa femme et Hermanni. Calmement, raisonnablement, il parlait avec des mots qui trahissaient la supériorité d'un homme qui a fréquenté les écoles, il faisait des projets et des plans pour relever la ferme, maintenant qu'une bonne récolte allait en apporter les moyens. Dans le bois aussi il y avait suffisamment à vendre l'automne venu, il en avait fait le tour et avait dénombré beaucoup de gros arbres, et ainsi jusqu'au moment où le silence des autres l'irritait, alors il se mettait de nouveau à pester et à grommeler tout bas et un regard froid et mauvais apparaissait dans ses yeux. Il évitait Aaltonen. Cet homme robuste et sans culture l'avait frappé rudement et maltraité, se mêlant d'une chose qui ne regardait pas un valet. Une haine impuissante irritait son corps sans vigueur chaque fois qu'il apercevait, même de loin, l'homme bourru, renfermé et vigoureux. La haine lui rongeait l'âme, lui faisant mal à la tête, brouillant ses plans dans son imagination et lui valait en plein jour des rêves sanguinaires. En imagination, il aimait voir le sang, bien qu'en réalité cela le fît se trouver mal.

Mais il n'était plus qu'une ombre dans la ferme, en vérité une ombre mauvaise, antipathique, mais sans importance. De ses yeux durs comme des pierres, la femme regardait à côté de lui comme s'il n'existait même plus ; elle n'écoutait ni ses paroles ni ses plaintes. On lui apportait de la nourriture chaque jour, comme aux bêtes. Il devait s'occuper lui-même de sa chambre, la femme n'y pénétrait plus. Lorsque la saleté et l'odeur en étaient devenues trop répugnantes, il était obligé de la nettoyer tout seul. Des larmes de compassion sur lui-même lui piquaient les yeux, il se mettait à quatre pattes pour nettoyer maladroitement le parquet, et il portait dehors, pour les faire sécher, les draps et le matelas tachés d'urine. Parfois, le fait que tous avaient l'air de ne pas le voir, provoquait en lui une sensation vraiment affreuse, c'était comme s'il n'existait réellement plus. Il devait tâter ses mains flasques, toucher ses yeux, ses lèvres épaisses et son menton tremblotant pour croire qu'il était bien encore vivant. Alors il sanglotait sur sa propre misère, sur son propre abaissement, réduit qu'il était en esclavage, ravalé au rang d'une bête par une femme insensible, devant deux hommes bourrus et impitoyables.

L'inquiétude couvait dans son esprit, il dormait mal, gémissait et se plaignait en veillant dans son lit, pendant les longues heures de la fin de la nuit. En vain et désespérément il réfléchissait pour trouver s'il n'y avait rien qu'il eût pu dérober en cachette et vendre facilement. Il regrettait la ville, les salles illuminées des restaurants, les grooms inclinés, ou bien simplement, le cabaret aux tables tachées, l'écume de la bière sur ses lèvres épaisses, le son du phonographe au milieu de la fumée de tabac et du bruit des chaises, la sonnerie du téléphone et les filles qui avaient noirci leurs sourcils et peint outrageusement leurs lèvres. Mais tous les tiroirs étaient solidement fermés à clef et il n'avait pas réussi à découvrir où la femme gardait maintenant son argent. Car il devait y avoir de l'argent à la ferme, on avait vendu l'autre cochon et le seigle aussi. S'il avait pu seulement se procurer en cachette une demi-bouteille d'eau-de-vie pour la boire la nuit dans sa chambre, et s'il pouvait ensuite, par ruse, amener sa femme à lui ouvrir la porte. Qu'il était pauvre ! Il n'avait pas même d'argent pour acheter une demi-bouteille d'eau-de-vie, et pourtant il y avait eu un temps où il n'aurait jamais cru que cela pût arriver. Pourquoi se dressaient-ils tous justement contre lui et pourquoi restait-il si délaissé ? D'autres que lui gaspillaient, vivaient endettés et faisaient aussi des faux sans avoir à en souffrir.

Une nuit, il se réveilla en sursaut, un rire sourd, provenant de quelque part, assez loin derrière le mur, était parvenu jusqu'à ses oreilles rendues sensibles par l'obscurité. C'était un rire comme il n'en avait jamais entendu de sa vie et qui dépassait l'étroite limite de son expérience et de son entendement. Il se redressa dans son lit pour mieux entendre, avidement il essaya de tendre l'oreille. Parfois, la nuit, on aurait dit que quelque chose se détachait de lui, et alors, il voyait, il entendait et sentait avec une acuité morbide. Tout d'abord il avait cru rêver ; c'est qu'entre le sommeil et l'état de veille, il entendait souvent des voix et des paroles, des obscénités, des injures et même des rires. Puis un doute obscur, vague, prit forme dans son esprit, le rire s'affaiblit au loin et s'éteignit dans l'obscurité, mais il continuait de résonner à ses oreilles. La femme, pendant la nuit, avait ri en dormant, et au premier abord il pensa, le dos mouillé par une sueur d'angoisse, qu'elle avait perdu la raison. Il se glissa furtivement à la porte et en saisit le loquet, la porte était fermée à clef. Il frappa, il n'entendit pas un bruit, pas même un souffle. La femme n'était pas dans son lit. Le rire s'affaiblit de nouveau au milieu de ses rêves embrouillés, mais le matin, à son réveil, il s'en souvint, et après être entré dans la salle, tout en l'épiant, il demanda à la femme, qui revenait de traire les vaches :

« C'est toi qui as ri pendant la nuit ? »

Elle ne répondit pas, elle fit semblant de ne pas entendre. Mais pour la première fois depuis des semaines, il s'aperçut avec un sursaut de joie que ses paroles agissaient sur elle. Même son regard hébété observa que le visage de la femme était devenu pâle sous le hâle de la peau. De la salive vint aux coins de la bouche de l'homme, il voulait ajouter quelque chose mais il craignit tout à coup le regard impitoyable de sa femme. Alors, il pâlit lui aussi, et son menton s'allongea d'un air imbécile. Il avait un sentiment confus d'avoir regardé la Mort dans les yeux tant l'expression de la femme avait de violence insensée et cruelle. Il sortit rapidement dans la cour et s'en fut de là vers l'étable. Pendant un long moment, il n'osa pas retourner vers la salle. Aaltonen revint de la laiterie et se mit à dételer le cheval devant l'écurie. L'homme le regarda sournoisement d'un air hésitant et incertain. Il y avait quelque chose qu'il ne comprenait pas.

Le samedi soir suivant, au moment d'aller se coucher, la femme s'aperçut que l'homme qui habitait la chambre avait disparu. Il n'était ni dans sa chambre, ni dans la salle, ni dans la cour. Ni Aaltonen, ni Hermanni ne l'avaient vu sortir. L'argent était encore dans sa cachette de l'écurie et au premier coup d'œil aucun objet n'avait disparu. Mais Hermanni, en jurant tout bas, s'aperçut en entrant dans l'étuve qu'il avait oublié dans la salle, sur le dossier d'une chaise, son gilet dans la poche duquel se trouvait son portemonnaie. Aaltonen regarda Hermanni d'un regard pensif et indéfinissable, où il y avait peut-être une pointe de vague espoir.

« Il n'y avait même pas quatre-vingts marks, dit Hermanni à mi-voix, avec cela il ne peut pas aller loin. »

On était à l'époque de la moisson, et le samedi soir il y avait dans le village beaucoup d'eau-de-vie en circulation. L'homme qui se glissait sur les sentiers écartés à travers bois n'osait pas entrer dans une ferme en demander aux propriétaires, ils ne lui en auraient pas donné, bien qu'eux-mêmes en bussent aussi. Il n'avait d'espoir que dans les valets qui avaient coutume, par ces samedis soir du mois d'août, de se réunir sur le pont ou bien au carrefour des grand'routes, en dehors du village.

Il y avait parmi eux deux garçons du village voisin, appuyés sur leur bicyclette, qui demandaient s'il y avait bal quelque part et dans la carrière à sable, une bouteille d'eau-de-vie circulait entre deux journaliers d'un certain âge, un soldat en permission et deux valets de la plus grande ferme. L'homme se joignit au groupe, s'assit dans le sable chaud et regarda le flacon blanc avec avidité.

« Vendez-m'en un coup à boire », demanda-t-il en tendant dans la paume de sa main molle des pièces trouvées dans la bourse du vieil Hermanni.

« Diable non, il ne faut pas lui en donner »,

avertit un des journaliers en regardant l'homme qui fixait l'eau-de-vie d'un air ennuyé. Les valets aussi hésitèrent, mais le soldat ramassa rapidement l'argent, la bouteille était à lui et il donna à boire à l'homme, qui avala goulûment gorgée sur gorgée, bien que l'eau-de-vie brûlante lui coupât le souffle et crispât sa gorge. Le soldat le regarda les yeux ronds avant de songer à lui arracher le flacon.

« Il est goinfre comme un cochon », dit-il presque respectueusement. Mais cela n'émut pas l'homme. Il était assis à l'écart sur le sable chaud dans la nuit qui s'assombrissait alentour, il essayait de garder le goût de l'alcool, et se sentait merveilleusement ranimé. Les autres continuaient leur conversation sans se soucier de lui, ils parlaient du service militaire, de leurs aventures de caserne, des événements du temps de la moisson, des boniches qui avaient eu des enfants. L'homme écoutait avidement tandis que les autres s'enivraient lentement.

« Donnez-moi encore un peu d'eau-de-vie », osa-t-il dire enfin quand son désir devint trop ardent. Ses mains se fermaient et s'ouvraient convulsivement, il avait des tiraillements dans le ventre.

« On devrait le ramener chez lui, proposa un des journaliers. Comment a-t-il pu s'évader ? Qui est-ce au juste ? » demanda-t-il. Sans prendre garde à l'homme qui écoutait, les autres commencèrent à raconter ce qu'ils en savaient, ils étaient même un peu fiers qu'un tel gibier pût se trouver au village. La haine plissait les tempes de l'homme, il serrait les dents, mais son désir était plus fort que les dernières bribes de son amour-propre et de sa fierté.

« Donnez-moi encore un coup à boire pour l'amour de Dieu, mes braves gens, mendia-t-il, prenez même mes souliers ou mon veston. Ce sont de bons souliers. » Il commençait à les ôter pour les montrer. Personne ne semblait l'entendre. Le soldat roula dans la fosse sablonneuse, avec la pointe de sa botte, du crottin de cheval séché et demanda brusquement :

« Mangeras-tu du crottin de cheval si je te donne un coup à boire ? »

L'homme regarda les yeux agrandis ces gens qui, par curiosité, sans y attacher d'importance, s'unissaient pour rire. Pendant une seconde son cœur cessa de battre, puis des larmes de dégoût de lui-même aux yeux, il ramassa le crottin dans le sable et le mit dans sa bouche sans vomir...

Cette fois-ci il revint à la maison dès le dimanche, dans la journée, sans qu'on vînt le chercher. Ses vêtements couverts d'ordures d'un côté, ses paupières gonflées et son corps flasque plein de bosses et de coups

Personne ne fit attention à lui. La femme ne le regarda même pas, elle le suivit seulement pour fermer la porte à clef, quand il se fut mis au lit en gémissant et en geignant pour éveiller la pitié.

Au début de la semaine il était déjà comme avant, avec la même inquiétude dans l'esprit et un éclat de haine impuissante dans ses yeux mauvais. Il n'avait pas réussi à s'assouvir et le désir lui brûlait le corps, comme si un feu meurtrier avait coulé dans toutes ses veines malades. Maintenant il cherchait à inventer quelque chose de nouveau. Dans son ivresse il avait eu un songe qui demeurait si vivant dans son esprit qu'il était contraint encore, après coup, de se demander sa signification. Dans le bois, à l'écart de la ferme, à côté du rocher, se trouvait près d'un grand sorbier un vieux silo à pommes de terre, qui ne servait plus depuis longtemps déjà. Un homme grand, aux cheveux gris, couvert d'une peau de mouton, une ceinture de cuir à la taille, l'avait en songe conduit à cette fosse qu'il lui avait montrée de la main.

C'était un homme grand, gris, sinistre, et il s'éveilla en poussant un cri d'effroi. Mais ce rêve ne lui laissa pas de paix. En sortant à nouveau comme de coutume, il se sentit instinctivement poussé à aller voir l'endroit qu'il avait vu en songe. Le sorbier était là, avec ses grappes de baies pendantes qui, s'épanouissant, devenaient déjà jaune-rouge. Le toit du silo était depuis longtemps tombé à l'intérieur, et dans les interstices du chaume pourri, des lézards se coulaient. À coups de pied il repoussa la paille sur le côté et l'odeur lourde de la moisissure et des poutres pourries monta à ses narines. Déçu, il s'en alla. Mais le rêve ne le laissa pas encore en paix. Le jour suivant, il prit en cachette, sous le hangar, une barre de fer et une pioche et commença à démolir le silo. Personne ne le dérangea dans sa besogne, la récolte de l'avoine commençait et on avait besoin de tous les bras pour le travail. Il repoussa de la main la paille moisie, effrayé de temps en temps par les lézards. Puis il se mit à arracher les poutres pourries des murs en torchis, bien que l'odeur de l'humidité et de la moisissure lui fût désagréable. La sueur coulait sur son corps flasque et ses mains commençaient à trembler à force de manier la barre de fer. Il en eut assez et abandonna sa besogne sans même se donner la peine de remettre en place le levier et la pioche.

Mais le rêve ne lui apporta toujours pas de paix. Dans la soirée, alors que la maison était vide, il retourna au silo et commença d'en creuser le sol. Après avoir creusé en deux endroits, il atteignit avec sa pelle, sous une mince couche de terre, une toile raide, jaunâtre, qui enveloppait quelque chose de pesant ; après l'avoir sorti, les mains tremblantes d'attente et de peur, il découvrit, soigneusement entouré d'une toile huilée, un fusil russe et deux cartouchières de cuir. Le canon du fusil et sa gâchette n'étaient même pas très rouillés, une couche épaisse de graisse prenait encore aux doigts. Il enfonça vivement sa trouvaille sous la paille pourrie et alla remettre à leur place, sous le hangar, la pioche et la barre de fer. Tout son corps frémissait de plaisir. Maintenant, il possédait quelque chose qui le rendait plus fort que tous les autres à la ferme. Rien que cette certitude faisait tressaillir d'aise son corps sans vigueur et lui tiraillait les joues.

D'abord, il eut l'idée qu'il pourrait vendre le fusil, mais il abandonna vite cette pensée. C'était une arme illégale que sans doute quelqu'un, au temps de l'insurrection rouge, il y avait de cela vingt ans, avait cachée dans le silo aux pommes de terre avant de s'enfuir. Que savait-il, en effet, de l'histoire de cette maison ? Rien, si ce n'est que personne n'était venu reprendre ce qui y avait été caché. Peut-être la dernière pensée haineuse de quelque mort, fusillé dans les carrières, s'était-elle égarée, tel un spectre, dans ses rêves, mais il oubliait son inquiétude en pensant à l'importance de sa découverte. Si seulement il avait eu une place pour cacher le fusil de façon à l'avoir facilement à portée de la main. Il s'était un peu occupé d'armes, autrefois, il y avait des années, et il avait tué des oiseaux et des lièvres au temps de ses grandes beuveries à la chasse, avant son mariage. Peut-être pourrait-il, en automne, en se cachant, tuer un élan sur les terres écartées en bordure du pays. C'était une pensée agréable, même s'il était forcé de laisser la bête pourrir dans le bois. Il songeait à la chair pantelante trouée par la balle, à la peau douce de l'élan, à ses pattes sautillantes et fines. L'eau lui vint à la bouche et ses yeux s'assombrirent.

Finalement, il choisit une cachette dans la vieille grange. On pouvait y aller sans être vu de personne. Il nettoya le fusil et en racla la rouille ; à l'intérieur, le canon était resté brillant. Puis il cacha l'arme enveloppée de sa toile huilée pourrie, dans la grange, au milieu d'orties et de vieilles ferrailles. Quand il eut fini, on aurait dit qu'il semblait plus assuré et que l'expression fuyante de ses yeux était devenue plus ferme.

La femme dans la pièce ne remarqua pas ce changement. La vie était lumineuse et elle voulait vivre pleinement et complètement chaque instant de sa joie. Avec les semaines, son corps était devenu splendide, il s'était épanoui en une maturité qui était un prodige pour elle-même.

La récolte s'annonçait bonne ; le fourrage

suffisait pour un accroissement de bétail, le pain de l'hiver semblait assuré. Dès l'année suivante, on aurait certainement besoin d'aide, mais aussi longtemps qu'elle le pourrait, elle désirait tenir la ferme elle-même pour n'être gênée par aucun regard étranger. Les nuits s'assombrissaient, les baies du sorbier luisaient rouge jaunâtre, on entendait la nuit, depuis le village, les aboiements des chiens. Puis vinrent les jours venteux et couverts ; les planches cultivées se dépouillaient et jaunissaient et les feuilles desséchées volaient dans la cour. Puis vint un jour calme et clair sous le ciel pâlissant et plus profond qu'avant, où les champs reposaient, gris de terre et dorés de chaume et où, des maisons du village, la fumée s'élevait en colonnes dans l'air froid. Les corbeaux se réunissaient en bande sur les champs et, bien haut dans le ciel, retentissaient les cris douloureux des oiseaux migrateurs. Vers le soir, ils se trouvèrent dans la cour, Aaltonen, Hermanni et la femme qui, sans éviter le regard du vieil homme, appuyait avec un calme orgueil sa main sur la robuste épaule du domestique. Ils s'arrêtèrent pour regarder les champs, le ciel, le village au loin, et le lit sombre de la rivière entre les champs bombés. Ils sentaient tous les trois en eux la joie tranquille du paysan après une bonne année. Pour un instant, la crainte de l'avenir se détournait de leur esprit et un sentiment trompeur de sécurité endormait leur cœur. Peut-être cela continuerait-il de la sorte, car c'était bien ainsi.

La femme savait déjà qu'elle portait en elle un enfant de deux mois que le rire merveilleux de sa joie et de son corps avait appelé à la vie, pendant l'éternité d'une nuit d'été. Son corps vivait ; profané et supplicié des dizaines de fois, il s'était ouvert à la vie au contact de la main robuste et bonne de cet homme bien-aimé. C'était la main bosselée et calleuse d'un simple paysan sans instruction, mais le soir il était bon d'y appuyer sa joue en oubliant tout le passé, en renonçant aux lumières décevantes de la ville, à ses excitations et à sa hâte, en renonçant aux vains propos des livres trompeurs et à tout ce qui s'envole au vent, comme la balle se détache du grain. Le rire vivait dans son corps épanoui, dans son corps qui était une bonne terre que l'homme avait ensemencée et qui maintenant mûrissait pour porter le fruit de vie.

Dans le ciel s'éteignaient les teintes éclatantes du soleil couchant. La nuit d'automne, calme et froide, allait venir. La femme, en souriant, songea à sa besogne et détachant sa main de l'épaule de l'homme chéri, elle traversa la cour. Quand elle fut près de l'étable, elle vit entre les rochers le miroir sombre de l'étang qu'une brume blanche et froide enveloppait. Elle tressaillit en se rappelant un souvenir douloureux de son arrivée dans cette ferme. C'était l'automne aussi, mais un jour gris et mélancolique ; le vieil Hermanni conduisait au puits le cheval blanc comme un fantôme ; entre les rochers gris, l'étang noir aux rives sans fond soufflait une sombre menace dans l'âme qui déjà, par avance, avait rejeté tout espoir, ne conservant que sa dure révolte et son orgueil amer. Un violent pressentiment de son destin l'avait alors fait frissonner, c'était absolument comme si elle avait déjà vu, dans un passé lointain, cette même contrée, ce même cheval blanc, cette même triste journée d'automne et ce même étang noir qui avait l'air menaçant. La présence de la terre lui avait paru écrasante. Il n'y avait plus de vivant autour d'elle que sa propre révolte et son orgueil. Ainsi, en arrivant à la ferme, elle n'avait eu que le pressentiment de son destin sans deviner pourtant que cet endroit deviendrait pour elle un foyer plus intime que n'importe quel autre sous le ciel, et qu'il lui donnerait la joie, l'épanouissement et la béatitude de la fécondité.

Et néanmoins, le sourire disparut de son visage lorsque ce souvenir lui revint à l'esprit pour s'effacer bien vite de nouveau. C'était comme si, une fois encore, elle sentait avec accablement sa petitesse à côté de la terre et de l'eau noire. La terre, l'eau noire sous le ciel distant, c'était le destin qui, muet, gardait l'avenir enfermé dans son sein. On aurait dit que le brouillard monté de l'étang s'était étendu jusqu'à la cour : son humidité glaçait les membres pleins de vie de la femme, si bien qu'elle grelottait. Avec un haussement d'épaules elle prit le seau et s'en fut à l'étable. Là, il faisait chaud. Lorsque après un moment, elle revint dans la pièce qui s'obscurcissait et qu'elle eut fait de la lumière, un sourire bienheureux de tiédeur et de clarté plissa de nouveau son visage.

X

Par une soirée obscure, alors que derrière les vitres polies et sombres de la fenêtre reposaient la cour et la terre pleine de l'immense mélancolie de l'automne, pendant que le ciel bas de la nuit faisait tomber une pluie fine et silencieuse, et que près du poêle fumaient les vêtements trempés durant la journée de travail, ils étaient assis tous les deux à la grande table de la salle, leurs têtes l'une contre l'autre. La femme avait sorti des papiers et un bout de crayon et ils faisaient les comptes pour l'année à venir. Elle avait devant elle un carnet d'hypothèques qui leur était venu avec la ferme, et Aaltonen, en le regardant, hochait un peu la tête. Il avait conscience de sa grande responsabilité. La femme n'était pas très au courant des affaires d'argent en agriculture et lui aussi n'avait que l'intelligence d'un homme simple qui lui disait qu'une dette est une mauvaise chose et que ce qu'on épargne et qui reste à la ferme est bon.

Ils évaluaient la récolte et calculaient, avec devant eux le calendrier agricole et le tableau des prix découpé dans un journal, combien il y aurait à vendre et combien il faudrait conserver pour la semence, le fourrage des bêtes et les besoins de la maison. On avait déjà acheté quatre cochons et Aaltonen était allé au village négocier un marché au sujet d'une vache qui devait vêler en novembre, mais on ne s'était pas encore entendu sur le prix. On avait décidé aussi d'acheter un nouveau cheval au printemps, la jument était déjà vieille et le travail de l'été l'avait complètement épuisée. Il fallait encore calculer les impôts pour la commune, l'État, l'Église. Il fallait payer la note d'électricité et il y avait aussi des vêtements à acheter, des outils à renouveler. Les chiffres couvraient le papier étalé devant la femme, et Aaltonen de nouveau hochait un peu la tête.

Alors la femme lui toucha la main, la frôlant prudemment et tendrement. Elle le regardait de ses yeux assombris où brillait un sourire rayonnant. Désormais il n'y avait plus aucun souci à avoir, plus de crainte de la misère ni des difficultés. On s'en tirerait. On pouvait encore vendre quelques gros arbres et débiter des bûches pour les vendre également ; des grands bois on pourrait tirer plusieurs cordes sans qu'il y parût.

« Il faudrait cependant garder du bois de construction pour les besoins de la ferme, pensa Aaltonen, il faudra bien, une année, relever les bâtiments. »

La femme le regarda encore, ces mots lui étaient comme une merveilleuse promesse d'avenir. La route ne lui reprendrait jamais cet homme, la route bénie. Il était sien, celui qui lui avait été donné, et qui déjà, près d'elle, faisait des projets d'avenir. Les yeux légèrement dilatés, une félicité profonde et douloureuse dans l'âme, elle pensait comment, il y avait de cela bien longtemps, au milieu de la désolation de l'automne, avec la pluie qui dégouttait sans bruit au-dehors, un soir semblable l'avait plongée dans une tristesse tellement infinie que même la mort ne pouvait plus lui sembler une délivrance. Maintenant la désolation de l'automne ne l'effrayait plus, la pluie froide et muette lui était chère, chère aussi l'ombre noire de la fenêtre, et plus chère que tout l'odeur qui s'élevait des vêtements humides séchant au coin du poêle chaud, ces vêtements familiers mouillés pendant le travail et aussi la bonne senteur des bottes que l'argile et la terre avaient salies.

« Il faudra également, vers le printemps, que tu prennes une jeune fille pour soigner le bétail, afin que tu ne te fatigues pas trop quand ton temps viendra », dit Aaltonen d'une voix un peu tremblante.

Toute crainte, tout trouble et tout souci se taisaient à son approche, près de son corps robuste et musclé, de son regard grave, et au contact calme de sa grande main durcie. Oui, cela était bon.

La porte de la chambre s'ouvrit presque sans bruit, et l'homme qui habitait dans la pièce du fond, à moitié vêtu, se glissa à pas feutrés dans la salle. Comme une flamme grise et fuyante, son regard mauvais les épiait lorsqu'il se pencha pour boire à la louche, puis il prit les allumettes sur le linteau de la cheminée. Ils étaient assis, l'un près de l'autre, ayant devant eux ces papiers qu'il connaissait. Pourtant il ne dit rien, il ne dit pas un mot, bien qu'il eût été autrefois bien trop prompt à parler. La femme fit semblant de ne pas le voir, mais son sourire s'éteignit et son regard se durcit. Aaltonen gardait la tête baissée pour ne pas voir l'ennemi mais le sang quitta lentement son visage, ses joues pâlirent et les muscles de ses bras se raidirent.

Le malade, hébété, regagna sa chambre, en faisant s'entrechoquer les allumettes dans sa main molle. Des larmes de misérable pitié pour lui-même brûlaient ses yeux, et un sentiment de joie cruelle tourmentait agréablement son corps sans vigueur. Ainsi donc, ils étaient assis l'un près de l'autre, examinant les papiers de la ferme ; ainsi, on le trompait, on le laissait, lui, malade et malheureux, seul, dans sa chambre humide et sans feu. Ces deux-là désiraient sa mort, il le sentait, il le savait.

Depuis quelque temps déjà, il avait vu et compris tout. D'abord, sans saisir, sans pouvoir admettre que cette femme, son épouse, se sentît attirée vers cet autre homme, elle qui, à chaque approche, se raidissait de dégoût. Lui, pourtant, avait été un amoureux remarquable, et ce n'était pas sa faute s'il n'avait pu éveiller le corps frigide de sa femme. Il y avait longtemps déjà qu'il l'avait jugée insensible, froide et dure, et justement pour cette raison, sa soumission et sa honte procuraient à son âme de malade une jouissance qui lui causait des tremblements. Maintenant son regard hébété avait été témoin de l'éveil de sa femme qui, en même temps, l'avait rayé de sa vie, lui, son mari, entièrement et définitivement. Il avait épié ces deux-là et tendu l'oreille pendant de longues nuits pour entendre chaque bruit, chaque souffle même, dans la maison endormie, maintenant que le valet avait de nouveau quitté le magasin pour revenir coucher dans le lit au fond de la salle. Il en avait tant entendu que son imagination malade avait eu assez de points de repère autour desquels bâtir. Et ces imaginations de son esprit ulcéré de jalousie et de haine amère procuraient à son corps flasque et mou une volupté si frémissante qu'il en oubliait son inquiétude et se sentait ranimé.

À l'époque des nuits noires et des tristes jours d'automne il fit bien des plans qu'il abandonna l'un après l'autre. De toute façon, il se vengerait, c'était son droit d'époux trompé, d'homme malheureux que méprisait le monde entier et lui-même aussi, parfois. Le plus pénible, c'était que pour une fois dans sa vie, il devait faire maintenant quelque chose jusqu'au bout, faire place nette. Car, si cet homme taciturne et vigoureux restait en vie, alors, sa propre existence serait en danger. Elle l'était déjà, il le croyait. Il avait une fois dû souffrir d'être enlevé par la nuque par les bras vigoureux et effrayants de cet homme ; il avait été souffleté sans pitié.

Mais il ne voulait pas se faire arrêter, la prison l'effrayait, la pensée seule en faisait trembler son corps flasque. Il avait lu un jour que du verre finement pilé, mélangé aux aliments, tuait lentement en rongeant l'estomac, sans laisser aucune trace visible. Il eut bien envie d'essayer ce moyen, mais la femme faisait la cuisine, de plus il était effrayé à la pensée qu'il lui arriverait peut-être à lui aussi de manger sa part de verre pilé s'il le mélangeait à la farine ou à la bouillie de gruau. En outre, ce projet ne lui donnait pas entière satisfaction. Il lui fallait agir d'une façon plus dramatique, plus efficace, puisque enfin, il allait se dresser pour venger sur cette femme dure et impudique toute sa vie bafouée et ruinée. Il fallait justement se venger en sa présence, car elle avait gâché sa vie, l'avait ravalé par sa dureté et sa froideur au rang des animaux. C'est pourquoi il fallait qu'elle sût que lui s'était dressé en vengeur. Elle devait être humiliée et accablée aux côtés du corps sanglant de cet homme. Elle devrait reconnaître lequel des trois serait finalement le plus fort.

Il pensait en lui-même au procès et aux journaux. Le dramatique qui s'y ajoutait satisfaisait son imagination. Trompé sans vergogne, un malade tuait dans un accès de colère l'amant de sa femme. Toute la honte se dévoilait : la femme, de bonne éducation, qui prenait du plaisir avec son valet pendant qu'elle gardait son mari malade derrière une porte verrouillée, lui enlevant toute possibilité de guérison et de vie honorable. Il pouvait enfin satisfaire un besoin maladif de se mettre en avant. Il avait été malade et pendant ce temps il avait commis de mauvaises actions, il devait bien en convenir, mais il n'en était pas moins un être humain, un homme qui avait une vie intérieure délicate et raffinée. Pendant les moments où il se méprisait le plus, il avait pensé à se suicider, il y avait songé bien des fois, mais la volonté, sa volonté d'homme ne cédait pas. En tant qu'homme il ne voulait pas se livrer au désespoir, à cause des circonstances déplorables où il vivait et à cause de sa maladie. C'est pourquoi il était parti à la campagne pour se guérir et pour pouvoir peu à peu se mettre à édifier une vie nouvelle. Il avait eu des plans, des plans bien faits et de large envergure qui n'avaient pas été réalisés par la seule faute de la nature lâche et incrédule de sa femme. Et depuis que, finalement, il s'était aperçu que cette femme à qui il avait lié sa vie et qu'il aimait encore malgré tout, le trompait froidement avec un valet grossier qui déjà en voulait à sa vie, alors il n'y tenait plus, aveuglé par la haine, il tuerait dans un accès de rage celui qui avait profané sa vie conjugale. Cela ferait certainement de l'effet et quand enfin, le dos droit, regardant le juge franchement dans les yeux, il affirmerait être prêt, comme un homme, à supporter les conséquences de son acte terrible et à subir le châtiment, il sentait, en tremblant de joie, que la sympathie des gens se tournerait de son côté, et que finalement il obtiendrait cette compréhension que jusqu'alors la vie lui avait refusée.

Il serait lâche et idiot s'il ne suivait pas son rêve jusqu'au bout. Un homme grisonnant, hideux, lui avait montré le silo abandonné. Il y avait trouvé un fusil qui, enveloppé dans sa vieille toile huilée, était en lieu sûr, parmi la vieille ferraille, sous la grange ; on s'était servi de la grange pour sécher le grain, mais personne n'avait deviné ce qui se cachait dessous. Si seulement il pouvait stimuler les bribes de sa volonté et insuffler à son corps la force nécessaire. Il soupirait et gémissait dans son lit. Il avait peur. La détonation bruyante du fusil l'effrayait. En tirant, le recul de l'arme frappait rudement l'épaule et faisait sonner les oreilles. Et s'il allait ne pas savoir s'en servir et s'il blessait seulement cet homme robuste ? Il n'osait pas aller jusqu'au bout de cette horrible pensée. Il geignait, se tournait et se retournait dans son lit. Il chercha enfin une consolation à regarder le jour qui pâlissait et les traces de mouches sur les images fixées au mur près de son oreiller.

Derrière la cloison, dans la chambre donnant sur le couloir, Hermanni reposait, les yeux grands ouverts. Les pluies d'automne étaient venues, il lui restait peu de temps à vivre. L'air humide devenait étouffant pour ses poumons malades et il ne sortait plus qu'à peine dans la cour. La femme le soignait et venait, chaque fois qu'elle en avait le temps, s'asseoir un instant sur le bord de son lit. Hermanni respirait difficilement, son visage prenait une teinte de vieil os, et son nez était enflé. La femme posait quelquefois sa main sur le front du malade et arrangeait ses couvertures. Le contact de cette main semblait bonne et apaisante au vieil homme. Pour un moment elle apportait la chaleur de la vie.

« Je suis une charge pour vous », disait-il, ses longues moustaches grises tremblotant sur sa bouche décolorée.

Un jour, en revenant du travail, Aaltonen, les bottes encore couvertes de terre et les mains sales, jeta un regard dans la chambre et le fermier Hermanni, de ses mains tremblantes dont les veines saillaient, lui fit signe de venir :

« Je voudrais bien, après, dit-il, un bon et solide cercueil et sur moi mes vêtements de fête, bien que ce soit du gaspillage vraiment que de mettre un bon costume à pourrir dans la tombe. Et il faudra, selon la coutume, donner à boire et à manger aux gens du village en mon souvenir. J'ai mis de l'argent de côté pour cela dans mon coffre. Au fond, sous mes vêtements, tu y trouveras aussi cinq livrets de caisse d'épargne que j'avais pris au nom de mes cousins, ces gens de la ville, afin qu'ils ne se disputent pas pour partager l'héritage ; mais le sixième tu le lui donneras à elle, sans rien dire aux autres. »

Le vieil homme baissa la voix et, souriant un peu, il fit un signe de tête vers la grande salle :

« Je l'ai mis à son nom, bien qu'elle ne soit ma parente que du côté de son mari. »

Aaltonen ne pouvait rien dire, Hermanni vit son étonnement et expliqua avec, dans la voix, une nuance d'orgueil, humble et las :

« Je ne suis pas tout à fait aussi pauvre que tu l'as peut-être cru. Je ne peux pas déshériter ma parenté, bien que j'en aurais envie car, honteux de mes habits, ils m'ont fait coucher dans leur cuisine quand je suis allé à la ville. La honte est pour eux, pourtant je leur suis lié par le sang bien qu'en mon âme et conscience je n'aie aucun devoir envers eux. Mais on n'a pas dit pour rien : le sang est plus épais que l'eau. C'est pourquoi je leur laisse la moitié de ce que j'ai économisé pendant ma vie ; mais elle, elle aura l'autre moitié elle, qui est venue et qui a pris la terre et ne m'a pas méprisé. »

Le visage du vieil homme était exténué par ce long discours. Silencieux, il tendit sa main osseuse aux veines saillantes et Aaltonen la prit dans la sienne. Ce serait peut-être, déjà dans quelques semaines, la main d'un mort. On le sentait dès maintenant, cependant Aaltonen resta soudain à la fixer, et cet étrange silence le fit hésiter avant de dire :

« Vous ne mourrez pas encore. J'ai l'extraordinaire pressentiment que c'est vous qui me conduirez à la tombe, plutôt que moi vous. »

Hermanni eut un petit rire las et se tourna vers le mur. Mais ces mots restèrent dans son esprit tandis que les jours glissaient devant lui comme un songe et que le perce-bois faisait son tic-tac dans la poutre du mur, près de sa tête.

Après des jours pluvieux et couverts, le soleil se montra de nouveau. Le ciel élevait une voûte vertigineuse au-dessus de la tête, et un vent frais d'automne soufflait, dont la force faisait gonfler les membres. C'était beau pour l'homme, dans sa petitesse, de vaquer à son travail sur la vaste terre et sous la voûte bleu pâle du ciel.

La femme s'arrêta brusquement dans la cour pour regarder l'homme qui, la hache sur l'épaule, s'en allait au bois et il n'y avait pas en elle la moindre pensée d'un malheur ou d'un désastre. L'air transparent de l'automne était léger à respirer. Les paysages s'élargissaient, l'éclat froid du soleil dorait les rochers gris et faisait étinceler la surface de l'étang. Comme du cuivre pâle, les troncs des sapins luisaient, les aiguilles touffues des branches donnaient un reflet bleu, l'automne avait répandu du bleu et du rouge sur la vieille terre. Et tout cela était beau à voir lorsque le cœur était plein et que l'homme familier et bien-aimé, au loin, se rendait au bois, portant sur l'épaule sa hache dont le tranchant rendait un éclat mat sous le rayon de soleil.

Dans la pièce à côté de la porte, l'homme qui habitait la chambre attendait à l'affût et il porta la main sur la femme quand celle-ci, sans se douter de rien, entra, le sourire brillant encore dans les yeux. Il porta la main sur ce corps d'où avait jailli, une nuit bienheureuse d'été, un rire merveilleux. Sans hésiter une seconde, elle prit une bûche devant le poêle et en frappa à la tête l'homme dont tout contact était pour elle une souillure. Elle ne pouvait plus laisser supplicier son corps car il était sacré et portait l'enfant de l'homme qu'elle aimait. C'est pourquoi elle frappa sans regarder où, et le corps flasque et mou tomba sur le parquet où il resta étendu. La femme se remit à sa besogne sans même regarder celui qui gisait sur le sol. Comme au bout de quelques minutes l'homme ne bougeait pas, elle prit, avec la louche, de l'eau au fond du seau et en versa sur le visage blême de son mari qui se souleva en rampant et de sa main tremblante tâta son front où une bosse s'était formée. Puis, il se mit debout, les genoux vacillants, il lança à la femme un regard gris et mauvais et sortit le visage empreint d'une joie forcenée. La femme ne le suivit pas du regard ; elle continua seulement sa besogne, les yeux durs comme la pierre, le visage figé.

Aaltonen était parti dans la forêt fendre du bois. L'homme qui habitait la chambre le savait. Alors il alla dans la grange, la tête encore étourdie par le souvenir de l'affreux coup, la tempe douloureuse et un goût de sang dans la bouche. Il pressa le pas malgré ses genoux qui faiblissaient et bien qu'il eût des nausées. Le jour était clair ; la visibilité bonne. En s'efforçant de réprimer le violent tremblement de ses mains, il désenroula la toile huilée et nettoya avec une petite baguette le canon du fusil. Il mit ensuite cinq cartouches dans le magasin, ferma la culasse, vérifia le fusil, et partit au bois à pas furtifs.

Après avoir marché un certain temps, le long du sentier des vaches, il entendit des coups de hache et ralentit le pas. Par-delà les années plongées dans l'oubli remontait en son esprit la joie du chasseur qui tombe à portée de son arme sur la proie ignorante du danger. Mais le gibier était maintenant plus sérieux que les quelques oiseaux ou le lièvre d'autrefois. Il était plus important que tous les autres, ce gibier vers lequel le guidaient, à travers l'air transparent d'automne, les coups de hache qui se répercutaient dans le bois sonore.

Aaltonen fendait des troncs d'arbres qu'il avait sciés, au bord d'une petite clairière, sur une crête rocheuse. Derrière les arbres, se profilaient au loin, en contrebas, l'étang, l'étuve dans l'ombre des sapins sombres, la cour de la ferme et le toit rapiécé sous lequel s'affairait dans sa besogne matinale la femme qu'il aimait. Il se sentait dispos. Il avait quitté son veston, les troncs se fendaient facilement et le manche familier de la hache répondait comme une main amie à l'emprise solide de sa main. Il faisait bon, dans le bois sonore où les coups de hache retentissaient clairement, à respirer l'odeur saine de la résine fraîche.

L'homme qui approchait en suivant le sentier des vaches se baissait derrière les rochers et les genévriers, le vieux fusil russe à la main. Il avançait très lentement vers l'endroit où l'on fendait du bois, en évitant de faire le moindre bruit. Enfin, il arriva, pensa-t-il, à une portée convenable : pas trop près, pas trop loin non plus. La proie lui tournait le dos, c'était bien ainsi.

Avec précaution, il leva le canon du fusil, l'appuya sur la branche fourchue d'un pin peu élevé, il arma et visa. La visibilité était bonne, l'éloignement d'une dizaine de mètres seulement. Mais, tout à coup, l'homme fut pris d'un violent tremblement, il ramena le fusil en arrière et se cacha derrière un buisson. Maintenant seulement, la pensée lui était venue que les cartouches étaient restées pendant presque vingt ans dans une cachette humide. Si elles allaient ne pas partir ? Mais, en ce cas, le gibier entendrait à peine, entre les coups de hache, le déclic inutile. Les mains tremblant d'indécision, il leva le fusil une fois encore et essaya de viser de son mieux. Ses joues tressautaient, le rouge lui montait au visage, ses yeux ne pouvaient lui obéir et rester fixés. Désespéré, il appuya à l'aveuglette sur la détente, et le coup partit, assourdissant, tandis que la crosse du fusil venait, d'un bond, frapper sa joue et son épaule.

Aaltonen se tourna brusquement, la hache encore dans la main ; le sifflement chantant de la balle et l'écho du coup de fusil se répercutaient de rocher en rocher, dans l'oreille. Il s'étonna une seconde, puis il aperçut le canon du fusil et, derrière, un visage convulsé, d'une pâleur bleuâtre. Il ne se retourna pas pour fuir, il ne se baissa pas pour s'abriter. Respirant profondément, la tête droite, la hache à la main, il se dirigea sans hâte vers le tireur. Une sueur froide comme de la neige fondue coulant le long de son dos, l'homme qui tenait le fusil vit l'autre venir, robuste et brun, sa chemise blanche brillant dans la lumière d'automne et ce fut comme si cette vue eût versé en lui, pour un instant, l'énergie nécessaire. Jurant à voix basse, il appuya étroitement la crosse du fusil contre son épaule, visa une seconde, sans cligner des yeux et pressa sur la détente. De nouveau, l'écho assourdissant de la détonation roula en grondant de rocher en rocher. Et le corps de l'homme qui avançait fit un sursaut avec, sur le visage, un air interrogateur et comme étonné. Une tache rouge clair colora soudain le devant de sa chemise et sa bouche laissa échapper un cri étouffé.

La respiration lourde, le visage convulsé brusquement empourpré, l'homme qui épiait alla presque en courant, le fusil toujours à la main, près du mourant et lui appliqua aussi fortement qu'il put le talon de son soulier contre la bouche. La tête s'enfonça dans la mousse et se tourna, sans force, sur le côté, les bras se tendirent avec des soubresauts pour arracher de la bouche ce pied pesant, mais ils n'en pouvaient plus, toute force les avait déjà abandonnés. Les yeux fixes regardèrent un instant encore les arbres et la voûte brillante du ciel puis ils se ternirent et le corps se détendit. Le meurtrier laissa tomber le fusil de sa main, il retira son pied et se mit à trembler violemment.

Dans la salle, la femme avait sursauté en entendant la première détonation dont l'écho avait roulé au-dessus de l'étang. Elle se raidit pour écouter et son cœur se mit à battre à grands coups, pourtant elle se calma en pensant qu'on avait déjà, depuis quelques jours, entendu des détonations lointaines provenant de l'arrière-pays. Celle-ci cependant était étrangement proche. La femme sortait dans la cour lorsque l'autre coup de fusil retentit. Serrant sa poitrine de ses mains, le visage mortellement pâle, elle s'arrêta sur l'escalier. Le vieil Hermanni était sorti de sa chambre et, assis sur l'escalier, il regardait la cour sous la lumière froide du soleil. À la seconde détonation, il se mit debout péniblement, il se tourna, osseux et long pour regarder vers le bois. Ils avaient cru entendre clairement tous les deux un cri en provenir.

« Venez vite », dit la femme, et elle partit en courant, les mains sur sa poitrine. Le vieillard la suivit, aussi rapidement que le lui permettait son asthme. L'homme qui habitait la chambre s'en venait à la rencontre de la femme, sur la pente des rochers, le long du sentier. Il s'arrêta soudain, courbant le dos comme pour fuir. Mais elle ne le regarda même pas. Le visage mortellement pâle, la poitrine haletante, elle demanda seulement :

« Où est-il ? »

L'homme, de la main, montra instinctivement derrière lui. Elle continua sa course, le dépassant. Hébété, à pas mal assurés, l'homme la suivit, sans pouvoir résister à la volupté que lui procurait la détresse marquée sur le visage de la femme.

À côté d'un tas de bûches à moitié monté au bord de la clairière, elle s'agenouilla sur le sol, prit dans ses bras la tête meurtrie et sans vie, dans sa main, la main inerte. Elle vit la hache qui en avait glissé et le fusil tombé à terre.

« Est-ce toi qui as fait cela ? » demanda-t-elle, du bout des lèvres, pâle, mais d'une voix très calme, à son mari qui approchait avec précaution de plus en plus près en essuyant sa bouche du revers de sa main. Ce calme surprit l'homme, si bien qu'il ne se tint pas sur ses gardes. Il s'avança plus près, tendit son visage tremblant pour mieux voir encore l'expression de la femme et dit avec une joie sauvage dans la voix :

« Le voilà, maintenant, ton amant. »

Avec précaution, la femme reposa de ses bras sur le sol, la tête morte d'Aaltonen, elle prit la hache dans sa main comme pour en soupeser le poids, et se mit debout. L'homme, ensorcelé par ce calme trompeur, avançait la tête encore plus près, tandis que ses joues épaisses tremblaient et qu'une sombre rougeur lui montait au visage. La femme leva la hache, tendit toutes ses forces, et frappa d'un coup pesant, froidement et sûrement appliqué, cette tête penchée vers elle. Elle entendit l'affreux craquement du crâne broyé, et lorsque l'homme se fut affaissé le nez contre le sol, elle frappa une seconde fois, pour plus de sûreté, sur la tempe où l'on voyait encore la bosse faite par le coup de bûche du matin. Elle savait, avec une froide amertume, que toute sa vie elle se repentirait seulement de n'avoir pas frappé plus fort, quand la bûche lui était tombée sous la main.

Sans même jeter un regard sur l'homme écroulé sur le nez, elle se baissa de nouveau et reprit dans ses bras la chère tête tuméfiée.

Elle baisa les lèvres écrasées et caressa de sa main, avec précaution, la joue hérissée de poils d'une barbe qui commençait à repousser.

XI

« Il est mort », dit simplement la femme, quand le vieil Hermanni arriva enfin sur place, soufflant péniblement, et les poumons sifflant. Le vieillard vit la tête morte dans les bras de la femme. Il vit à terre la hache et le fusil. C'est seulement alors qu'il se retourna pour regarder l'homme qui habitait la chambre ; il était étendu sur la face, dans la mousse, le crâne et la tempe barbouillés de sang. La femme rencontra le regard du fermier Hermanni et fit simplement un signe de la tête. Le vieillard, de la pointe de sa botte, retourna le corps sur le dos. Aucun signe de vie n'apparaissait plus dans la tête ballante ni dans les mains flasques.

« Restez à faire le guet, pour qu'il n'arrive pas de témoins, dit la femme. Je vais atteler le cheval. »

En suivant le même chemin, elle s'en fut à la maison. Le vieil homme resta seul près du tas de bûches. Lentement, il enleva de la branche du pin la veste que le bûcheron avait quittée en se mettant au travail, il en fit un paquet qu'il mit sous la tête du mort. Avec beaucoup de précautions et de tendresse, il releva les mains molles sur la poitrine, rectifia la position du cadavre comme s'il avait pris soin de quelqu'un plongé dans un profond sommeil. Puis, il s'installa sur le bord d'une souche pour attendre, il regardait fixement devant lui, plein de pensées tristes et amères.

La femme revint bientôt, elle conduisait à travers le bois clairsemé, sur le penchant de la colline, la vieille jument blanche attelée au traîneau de travail. Le grincement du traîneau vide et le bruit des pas se répercutaient au loin, dans le bois sonore. Hermanni ne demanda rien, il aida seulement la femme à hisser sur le traîneau le cadavre de l'homme qui vivait dans la chambre. Il prit lui-même les guides, et, de la main, fit signe à la femme de marcher devant pour montrer le chemin par où elle désirait que le corps fût conduit. On aurait dit qu'une force et une volonté indomptables, venues de quelque part, coulaient dans son corps languissant et prêt à mourir. Hermanni, d'une main ferme, retenait par les guides la vieille jument qui, sentant l'odeur du sang, secouait la tête, effarouchée.

Le cadavre ballottait sur le traîneau et la tête inerte, en roulant, cognait d'un bord à l'autre. La femme marchait devant, le visage impassible, les yeux durcis comme des pierres. Ils passèrent devant la cour et l'étable. La femme alla chercher dans le bûcher un bon sac solide, elle coupa avec des cisailles un long bout de fil de fer barbelé, puis elle remplit le sac de grosses pierres et le hissa sur le traîneau. Elle prit encore une bêche, et marchant la première le long du ruisseau, elle se dirigea vers l'étang et ne s'arrêta que lorsque le sol commença à s'enfoncer sous les sabots du cheval.

Ensemble, ils enlevèrent le cadavre du traîneau, le portèrent sur le rivage, tout près de l'eau sombre, et le posèrent sur la couche de mousse mouvante. La femme fit signe au vieillard d'avancer plus loin, elle alla chercher dans le traîneau le sac de pierres, entoura plusieurs fois solidement le fil de fer autour du cou et des bras du cadavre ; elle y lia également le sac. La couche de mousse rêche s'enfonçait sous elle. À l'endroit où elle posait les pieds l'eau jaillissait en clapotant, mais elle ne s'en souciait pas. Quand elle eut enfin terminé son travail, elle fendit la couche de mousse en appuyant fortement du pied sur la bêche et elle enfonça de loin, en le poussant avec l'outil, le sac de pierres dans le trou ouvert, si bien que l'eau noire clapota sous la mousse, aidant le corps à disparaître là, dans l'eau noire, et, sous le poids du sac de pierres, à s'enfoncer dans la vase sans fond.

La mousse libérée reprit bientôt, sous la poussée de l'eau, sa place primitive, si bien qu'on ne vit même plus le trou fait par la bêche. Le fermier Hermanni hochait la tête, ses moustaches grises tremblaient. Comme cela, c'était bien. Ensuite, il fit tourner le cheval et le ramena devant l'écurie. Sur son visage osseux brillait une légère rougeur fébrile, mais ses mains ne tremblaient pas et dans ses yeux pâlis de vieillesse, il y avait une claire expression de délivrance. La femme vint près de lui lorsqu'il eut dételé et fait rentrer le cheval à l'écurie.

« J'ai brisé avec la hache, dans la chambre, le tiroir où est l'argent, dit-elle, et j'ai caché l'argent. De cette façon, il en aura beaucoup pour sa fuite. Maintenant, allez au village, et ramenez-en des hommes comme témoins, pour que nous puissions porter le corps dans le magasin. Appelez aussi le commissaire par téléphone et dites-lui qu'il alerte la police aux gares et sur les routes pour le cas où mon mari essaierait de prendre le train ou quelque autobus passant devant lui. Dites qu'il y avait entre eux une vieille haine depuis l'été, où il leur était arrivé une fois de se battre. Tous savent bien d'ailleurs que mon mari est malade. Recommandez aux hommes de s'armer et dites qu'il est dangereux quand il est en furie. Ainsi, ils ne se douteront de rien. »

Hermanni ne prononça pas un seul mot, il hocha la tête seulement, puis il regarda longuement la femme. Elle supporta ce regard avec un visage impassible et des yeux durs comme des pierres bleues. Le vieillard se détourna et partit, les poumons sifflants, à pas fatigués, le long du sentier, vers le village. La femme revint seule au bois.

Sur le sommet de la crête, au bord de la clairière, elle enleva d'abord soigneusement du tranchant de la hache le sang et les éclats d'os, et la posa contre un arbre, près du tas de bûches. Puis elle effaça toutes les traces visibles, elle piétina la mousse et foula longtemps la terre à l'endroit où l'homme qui habitait la chambre avait culbuté. Aaltonen reposait sur le sol, le visage décoloré. Ses yeux sans vie, encore ouverts, regardaient, fixes, l'éclat bleu du ciel d'automne. Après avoir fait disparaître toutes les traces comme elle le voulait, la femme regarda attentivement une fois encore si elle n'avait rien oublié autour d'elle, puis elle s'assit par terre et prit de nouveau la tête d'Aaltonen sur ses genoux. Le visage durci, elle ferma les paupières du mort, et lissa ses cheveux emmêlés.

Puis, elle resta là, sans faire un mouvement, sans laisser échapper un seul sanglot, tenant sur ses genoux la tête morte de l'homme aimé. Les traits figés, elle regardait fixement au loin, en bas, la maison qui se profilait entre les arbres. Elle fixait la vieille ferme et ses dépendances grises, les rochers gris, l'étang noir, les chaumes roux et les parcelles de terre grise.

Sa joie s'était enfuie, elle ne reviendrait jamais plus, mais la terre lui appartenait et elle devrait travailler pour elle, car ces épaules mortes, qui se refroidissaient lentement, ces grandes mains avaient, par leur travail, fait cette terre sienne.

Elle devait mettre un enfant au monde, mais cette certitude ne faisait pas surgir en son âme glacée le moindre frisson de joie. Comment, en effet, l'enfant aurait-il pu lui causer de la joie puisqu'elle ne pourrait pas le prendre pour le montrer à ces yeux éteints ? Il n'était pour elle qu'un devoir que lui avait laissé comme unique héritage ce corps écroulé. À cause de ce corps, elle devait donner la vie à l'enfant et l'élever, bien que sa joie à elle fût à jamais perdue.

Elle regardait la terre qui s'étendait au loin, à ses pieds, sous le grand ciel d'automne. La terre ne connaissait ni joie ni douleur, et en cet instant, son âme enfin lui ressemblait tandis qu'assise sur la mousse du bois, dans la froide lumière du soleil d'automne, elle tenait sur ses genoux la tête morte de l'homme qu'elle avait aimé.

DU MÊME AUTEUR

Aux Éditions Gallimard

UN INCONNU VINT À LA FERME

Aux Éditions Olivier Orban

SINOUHÉ L'ÉGYPTIEN *Folio/Gallimard, (nos 1297 et 1298).*

Impression Bussière Camedan Imprimeries
à Saint-Amand (Cher),
le 10 octobre 1995.
Dépôt légal : octobre 1995.
1er dépôt légal dans la collection : août 1995.
Numéro d'imprimeur : 1/2461.
ISBN 2-07-039375-5./Imprimé en France.

74993